前世で婚約者だったオメガが、異世界で
アルファ王子となって俺を囲う気です
Hare Takizawa
滝沢 晴

CB
CHARADE BUNKO

Illustration

森原八鹿

CONTENTS

【1】

山奥にひっそりとたたずむ古寺で、白装束の青年僧がその場に正座した壮年の男に声をかけた。

「今から行う術式は大いなる意志に背く行為だ、呪いが必ずある。覚悟はあるか」

ダークグレーのスーツに身を包んだ壮年の男は、不敵に笑ってうなずく。

「その執念があればきっと彼に出会えるだろうよ」

青年僧は「二割増しになるがアフターフォローもできちゃうけど、どう？」などと勧めた後、どこの国の言葉とも分からない呪文を唱え始めた。

+++

貧乏宿屋の食堂は、客層が客層なだけによくけんかが起きる。今夜もカードゲームに興じていた男たちが、勝敗を巡って殴り合いを始めた。

カミルは「またか」とため息をついて、酒を別の客に運ぶ。

「お、今日は三男坊が食堂にいるじゃねえか。横に座れよ」

「カミルは今日も美人だな、そろそろ俺たちの相手をしてくれよ」

このような性的なからかいもよく起きる。特に自分に対しては。この手のかけ合いで恥ずかしがったり怒ったりすると彼らの思うつぼ。カミルは酒をテーブルに並べながら、こう尋ねた。

「いくら出せる？　俺を相手にするということは、この宿屋の借金を全部返すくらいの金が出せるんだろうな？」

耳より少し長いアッシュブロンドの髪をさらりとかき上げて、笑いかける。狼狽(うろた)えた客たちが「お高くとまったオメガめ」などと悪態をついた。

「ひとまず有り金をトランクに詰めて、もう一度来るといい。金額次第では一緒にお茶をするくらいはしてやれるかもしれないぞ」

客たちがぐぬ、と悔しそうに愚痴を漏らす。

「あいつ、去年くらいから性格ガラッと変わったな。前はちょっといじるだけでめそめそして可愛(かわい)かったのに……」

「この間、理由を聞いたら『遅れてきた反抗期』って自分で言ってたぞ」

好きに言ってろ、と心の中で唾棄しながらトレイをカウンターに戻すと、母親が心配そうにこちらを見ていた。

「カミル、お客にそんな態度……」

「俺が何言われたか聞いてた？　尻まで触ろうとしてたんだよ」

母親なら一緒に怒ってくれてもいいものを、さらに年間通算百五十回は聞いている小言を今日も聞かされる。

「あんたまだ二十歳でその見目なんだから、愛想があればいい相手が見つかるだろうに」

「いい相手って、金持ちのすけべ親父(おやじ)や尻を触ってくるあの客たちのことか？」

カウンターから出来上がった料理が出てきたので、それをトレイに載せて目的のテーブルへ急いだ。母親の嘆きは無視して。

（オメガに生まれたってだけで衝撃だというのに、俺ともあろう者がこんな貧乏暮らしになるなんて……）

カミルが口を尖(とが)らせて料理を運ぶと、テーブルの酔客が「カミルがキスをねだってるぞ、どれどれ」などと絡んでくるのだった。もちろん蹴散らすが。

カミルは、今世の「第二の性」を受け入れられずにいた。

この世界には、男女とは別に「第二の性」がある。

アルファ、ベータ、オメガの三種に分かれ、ベータは平均的な体力や知能を持つ基本形であり、人口の数パーセントしかいないと言われるアルファとオメガは、男女の性別にかかわらず互いのフェロモンに惹かれ合う性だ。

アルファは優性遺伝子の塊のような存在で、知能も体格も優れ頭角を現すため、支配階級や知識階層に多いと言われる。そのアルファが惹かれるのがオメガで、男でも子を宿す器官がある。九十日に一度の発情期中にアルファと性交し、うなじを咬まれると「番」という魂の契約がなされ、そのアルファ以外は性交の相手として身体が受けつけなくなる。

この発情期というのがオメガにとっては社会生活の足枷で、周囲のアルファを興奮状態にするため数日間は部屋に閉じこもらなければならない。子どもを産む性のため、筋肉もつきにくく肉体労働も向いていないとあって、跡取りとしても、一労働者としても認められにくいのが現状だ。

それでも希少性で発情時の性交の〝よさ〟から、アルファやベータからの需要は高く、貧しい家のオメガは若いうちに金持ちに買われるように娶られることが多い。カミルもそうなると思っていたが、近年、デアムント王国の法改正で、オメガを含めた十八歳未満の婚姻が禁止された。年齢問わず本人の意思に反する婚姻も。おかげで少年のころから美しいと評判だったカミルも金に物を言わせた縁談は法を盾に断ることができた。

それでもカミルは、オメガ性が受け入れられなかった。発情期がくるたびに、部屋に閉じこもってすすり泣くほどには。

そういう悔しさを抱いた日に限って、決まってあの夢を見るのだ。

アルファだった前世の夢を――。

＋＋＋

意識が戻った瞬間、信じられないほどの痛みとともに、自分が横転した車の中にいると気づく。

運転手を呼ぶが返事がない。絶命しているのかもしれない。

視界が真っ赤になり、頭から流血していることに気づく。

（動けない、痛い、助けて）

叫びたいが腹に力が入らない。外からクラクションや悲鳴、救急車のサイレンが聞こえてくる。

ひしゃげた後部座席の端に、用意した婚約者へのプレゼントのリボンが見えた。

（ああ、せっかく素直になろうと決めて買ったのに）

これが走馬灯というものなのだろうか。婚約者のいろんな表情が次々と脳裏に浮かぶ。

高校時代に初めて会ったときの間抜けな顔、成績で学年一位を競って勝ったときの得意げな顔、婚約指輪を自分のために持参したときの真っ赤な顔、自分に冷たくされたときの傷ついた顔、せっせと日記をつけるときの物憂げな横顔――。

(プライドなんか捨てて、素直に彼と向き合っていれば)

痛みが薄れていくのは、絶命するからだろうか。

(もう一度、やり直したい。やり直せるなら、彼のように見返りを求めず、一途に――)

遠くなる意識の中で最後に見たのは、ラッピングの箱から飛び出した山羊革の日記帳だった。

+++

カミルは汗だくで目を覚ました。建てつけの悪い窓から満月が煌々とこちらを照らす。

「またあの夢だ」

今とは全く違う世界の、自分の人生――の終わり。

「……伊久馬」

膝に顔を埋めながら、前世の婚約者の名前を呼んでみた。また、心臓がぎゅうと鳴る。

〝前の人生〟では、高度な文明を持つ「日本」という国で暮らしていた。移動は馬車、風や水が動力の中心の今の世界とは違って、多くの機器や乗り物が電力や燃料、磁力などで動いていた。連絡もスマートフォンという電子機器で、相手の顔を見ながら喋れる。

そんな世界で、カミルの前世は、橘光弥というアルファだった。

元は華族の橘家の次男だった橘光弥は、二十五歳で交通事故死した。

アルファにしては華奢だが誰もが振り返る美しさ、と評された。容姿も能力も秀でて自信に満ちていたぶん、傲慢さも隠さない人間だったと、今では思う。

一つだけ光弥には心残りがあった。婚約者でオメガの湯浅伊久馬のことだ。

彼とは高校の同級生として出会った。

家柄もよく華やかな光弥は入学してすぐ一躍人気者となり、一方の伊久馬は物静かだがオメガながら背が高く一目置かれる存在だった。しかし、光弥は「所詮オメガだ」と見下し、歯牙にもかけなかった。

が、伊久馬は勤勉な男で、通常、知能の高いアルファが成績上位を席巻するのだが、伊久馬はその上位三名に食い込むほどになった。

貼り出された成績を見るたびに、ひやりとした。〝劣った性〟と見下していたオメガが、すぐ後ろまで来ているのだ。初めて真面目に勉強をした。そうしても、二年の二学期に伊久馬が首位に躍り出たのだ。

そのときの彼の得意げな顔を、光弥は覚えている。悔しくて悔しくて小悪党のような捨て台詞を吐いてその場を去った。

「これで俺に勝ったと思うなよ！」

伊久間への対応心から必死に勉強をした。狐にでも憑かれたかと家族が心配するほどに。そうしているうちに伊久馬とは、性別を超えたよきライバルになっていた。

「今回の試験は俺が勝たせてもらうよ、伊久馬」「光弥、僕と張り合う程度なら君もまだまだだな」

鏡を見て「今日も完璧だ」などと自分に見とれる光弥のことも、伊久馬は呆れることなくうなずいてつき合ってくれた。いつしか自然と、伊久馬を番にすれば、二人で家業をさらに盛り立てられるかもしれない……などと思い浮かべるようになった。恋愛とはほど遠いけれど、そんな番の関係もいいかもしれない――と。

光弥が私立大学の政治学部に、伊久馬が最高峰の国立大学の経済学部に合格した直後、運命の歯車が狂いだす。光弥の家が破産したのだ。正確に言えばずいぶん前から没落しかけていた。当主である父親が先行き不透明な事業に投資を続け、それがとうとう不渡りを出したのだ。

光弥は進学できたものの、何とか手放さずに済んだ本家の家屋で質素な暮らしを強いられた。卒業後は家業を手伝うつもりだったが、その予定もなくなり就職活動を始めるも、今度は没落した家名が足枷になりうまくいかなかった。

一緒に家業を盛り立てようと約束していたアルファの兄は、不渡りの始末のために奔走し、ベータの妹は、実家を財政支援してくれるという御曹司と婚約した。

そうなると、アルファで次男の自分は宙ぶらりんだった。ようやくもらった中堅企業からの内定は、父が勝手に断った。橘家のアルファが名もなき企業に雇われるなど恥だ、と。酒に酔った父は、自分の失策を棚に上げて「お前がオメガだったなら、妹のように嫁いでこの家を支えられたのに」と光弥をなじったことがあった。

「プライドばかり高くて役に立たんアルファに育ちおって」

光弥は生まれて初めて、父親を殴った。

家名もアルファ性も、光弥を縛りつける鎖になってしまっていた。

一方の伊久馬は在学中からベンチャーを興し、新進気鋭の学生経営者として知られるようになった。

無様な自分を知られたくなくて連絡を絶っていたはずなのに、大学卒業目前、親に無理やり参加させられた食事会になぜか伊久馬がいた。

「光弥さんと結婚させてください」

伊久馬は光弥の実家――橘家への経済的な援助と引き換えに、光弥との婚姻を求めたのだ。一千万はするようなダイヤモンドの指輪を持参して。

屈辱だった。

ライバルと認めた男に買われる自分が。伊久馬はオメガで、自分はアルファだ。本来ならアルファがオメガを迎えにくるのがシンデレラストーリーのはずなのに、シンデレラが自力で大金持ちとなって、権力をなくした王子を迎えにきてしまったのだ。

あとは親の言うまま婚約が成立した。

伊久馬は頻繁に会いにきて、光弥の機嫌を取ろうとしたが、光弥は冷たくあしらった。

「世間が俺たちのこと何て言ってるか知ってるか？　逆転シンデレラだって」

そう言って伊久馬の特集記事が載った雑誌を彼に投げつけたことだってあった。それでも伊久馬は怒らなかった。

「世間の声なんてどうでもいい。光弥が立場にとらわれず好きなことができる環境を整えるから、俺を受け入れてほしい」

「どうせ伊久馬もうちの家名目当てなんだろう。するよ結婚くらい。でも俺に極力接触しないでくれ！」

高校時代から公認の仲、など世間で根も葉もない噂が広まるにつれ、アルファとしての価値を嘲笑されているような気がしてみじめだった。

それでも、なぜか伊久馬との面会は断れなかった。もともと口数が多くないので、応接間で向き合っても不機嫌な光弥との会話は弾まない。ただ、とつとつと、今こんなことをしている、高校の同窓会があった、出張先の伝統工芸士に土産を作ってもらった――と報告や情報共有をするのみ。光弥に何かを求めるわけでもなく。

あるとき、唐突に聞いたことがある。本当に自分と番になりたいのか、と。

「光弥次第でいい。そもそも伴侶というのは番で縛らなくとも成り立つものだ」

ほら、と光弥は思った。

オメガである伊久馬は、番になると、番以外の性的接触を受け入れられなくなる。例えば彼のように社会的に成功した人間に、女性やアルファが群がっても相手ができなくなるのだ。もとい――愛もないのに番となって縛られるのが嫌なのだ。

アルファとオメガだから同性でも結婚できるが、そのために番になる必要はないわけで。彼は名目上自分と結婚してしまえば、没落してしまったがかろうじて利用価値のある橘家という華族の看板を手に入れられるのだ。だから彼は頻繁に自分のもとへ顔を出す。会いたくもないだろうに。

伊久馬の誕生日が近づいたころ、高校時代の同級生が光弥を訪ねてきた。彼に金の無心をしたいが働きかけてくれないか、という頼み事のために。

形だけの婚約で、伊久馬は自分の言うことなど聞かない、と断ると同級生が怒りだしたのだ。見え透いた嘘(うそ)をつくな、と。

「湯浅は高校時代から光弥のことしか見ていなかったじゃないか。まさか婚約にまで持ち込む執念深さだとは思わなかったけど」

勤勉で容姿もいいのに、光弥以外の生徒とは一切交流を持たず、近づく者は睨(にら)まれたりときには言葉で追い払われたりしていたじゃないか――と元同級生が言うのだ。

当時から家名が目当てで近づいたのだから、自分と伊久馬の間には愛などない、と反論すると、不思議そうな顔をされた。

「湯浅のDXコンサル事業に家名なんて必要ないだろ。なあ、湯浅は光弥の言うことなら何でも聞くじゃないか。冗談で追い払わないで力になってくれよ。金が必要なんだ」

元同級生が抱く伊久馬との関係に対する認識が、自分のそれとあまりにもかけ離れていて混乱した。

母親に、高校時代の同級生が訪ねてきて伊久馬の話題になったと漏らしてみると、思いがけない事実を口にした。

「高校生のころが懐かしいわね。あなたと結婚したいってうちに乗り込んできた伊久馬さんが、お父さんに怒られて……」

自分の知らない思い出を懐かしんで目を細める。聞けば高校三年のとき、伊久馬が父親を訪ねてきたという。

光弥と結婚したいが、自分はオメガである上に母子家庭で家格も合わない、どうしたら認めてもらえるか——と。

すでに事業が傾き始めていたが、まだ〝橘家〟という幻の栄華にとらわれていた父親は「社会的に成功して、金を積んで出直してこい」と追い返したのだという。

「あのときは、本当にこんなに立派になって出直してくるなんて誰も思っていなかったから、あなたには言わないでおいたのよ」

誰もが認める実業家となって現れた伊久馬に、父は手の平を返したように「すぐにでも番に」と勧めたが、彼は首を横に振ってこう告げたという。

『金で買われたと光弥は思いたくないでしょうから、番になるのは、彼が俺を欲しがってくれるまで待ちます。いつまでも待てますから』

親からも、伊久馬からも、そんな話は聞いたことがなかった。高校三年と言えば、同じクラスになった彼と成績で競って何かと接触していた時期ではあるが……。

ふと、学園祭でのやり取りを思い出した。模擬店で使うお釣りのために銀行で両替した帰りのこと。

「俺はな、こうやってあえて小銭にして袋に詰めるのが好きなんだ」

そう言って袋を下から叩いてチャリチャリと音を鳴らした。小悪党みたいだなと伊久馬に呆れられた。

「時代劇でコソドロがこの仕草をしていて憧れたんだよなあ……」

「現代版鼠小僧にでもなりたいのか」

「そうじゃないけど、なりたいものに、なりたいよな。俺はアルファだから家の事業を手伝うこと以外は親が許さないだろうけど。妹はベータだから自由な進路が選べるんだ」

「周りが変われればなれるよ、俺が整えてやる」

「オメガが偉そうに」

そんな軽口を叩ける関係になったのだという実感が湧いたのだが、もしやあの宣言は本気だったということなのか――。

自分の部屋にずらりと並んだ、伊久馬からのプレゼントや土産物を眺めた。

よく見ると、自分が好きだと言ったブランド、産地、材質のものばかりだった。

(嘘だろう……まさか本当に俺のことが好きで)

『世間の声なんてどうでもいい。光弥が立場にとらわれず好きなことができる環境を整えるから、俺を受け入れてほしい』

婚約後の伊久馬の言葉が蘇(よみがえ)る。

なぜ愛のない婚約だと思ってしまったのだろうか。

伊久馬の無言の一途さに気づかずに、どうして。

愛のない結婚に怒っていたのは、結局、自分は彼と〝愛ある結婚〟がしたかったからだ。

高校生のときにほんのり思い浮かべていたような……。

彼の誕生日が、翌週に控えていた。これまでの態度を詫(わ)び、素直になって一から関係を築き直したいと告げることを決心した。

よく日記を書いていた彼のために、革細工作家の一点物の日記帳を手に入れた。細かな模様のフレームに、二頭の羊が額を寄せ合っている手彫りの柄。羊は「吉祥」「善」など、縁起のいい言葉に含まれていることから、幸運のモチーフなのだという。

(自分のことばかり考えていたのが間違いだった、二人の幸せを考えていこう)

これを渡して、彼と恋をやり直そう――と誕生日パーティーに向かう道中で、交通事故に巻き込まれ息絶えたのだった。


光弥だったときの記憶を思い出したのは、カミルとして迎えた十九歳の誕生日――つまりちょうど一年前だった。

最初は自分が壮大な夢を見たのではと思っていたが、あまりにもリアルで、自分の脳内の想像力では及ばない内容が多かった。

それまでカミルは、オドオドとして長男と次男の背中に隠れるような引っ込み思案だった。艶やかなアッシュブロンドに紫色の瞳を持つ白皙の青年――と評されていただけに、多少引っ込み思案でも金持ちの番にはなれるのでは、などと噂されていた。

が、尊大で自分大好きな光弥としての記憶が蘇ったせいで、御曹司アルファ級の自尊心を持った貧乏美青年オメガが誕生してしまったのだった。

言い寄ってくるアルファを言い負かし、からかってくる客には詰め寄る、「可愛いのは顔だけのオメガ」となってしまったのだ。

しかも前世と違って、生活水準が低い。

舌打ちしたくなる環境ではあったが、宿屋の借金返済のためにキリキリと働くしかなかった。そうしていくうちに、いかにかつての自分――光弥が恵まれた環境で育っていたかを実感する。

発情期で部屋にこもる際は、きまって自身のオメガ性を呪う。呪いながら、発情期に同じように乱れていたであろうオメガの伊久馬を思って、自慰にふけるのだった。

あるとき毎月泊まっていた常連が、二月ぶりに現れた。

「やあ、カミル。元気だった?」

アルファの割には謙虚で――そもそも前世の光弥が傲慢だっただけだが――カミルにも気を遣ってくれていたその常連に、先月宿泊がなかった理由を問うと「巣ごもりしていた」という答えが返ってきた。

「なんと、おめえさんにも本命ができたかあ」

他の常連たちが祝って一緒に飲み始めた。

「いやあ、自分でもあそこまで必死になるとは思わず……はは、お恥ずかしい」

そのアルファの常連は、頬を染めて頭をかいた。

アルファとオメガは、発情に関連して特徴的な行動を起こす。

オメガは定期的に発情期がやってくるが、そのフェロモンは非常に強力で、あてられたアルファは〝ラット〟という状態に陥り、本人の意志とは関係なく、目の前のオメガを孕(はら)ませることしか考えられなくなるという。理性を失い、オメガを襲って犯し尽くす。意に沿わない相手とそのようなことにならないよう、発情期を迎えたオメガたちは家に鍵をかけて引きこもるのだ。

反対に、意中の相手がいる場合、オメガもアルファも、理性で歯止めをかけていた恋心が本能的な行動に移らせる。

それが〝オメガの巣作り〟〝アルファの巣ごもり〟だ。

オメガは、意中のアルファの身につけていた物を集めて、それに包まれるようにして過ごす〝巣作り〟行動を取る。

一方でアルファは、闘争本能が剝き出しとなり意中のオメガと部屋に閉じこもって他の者を一切寄せつけない――という〝巣ごもり〟をするのだ。

どちらも本当に意中のアルファ、オメガに対してしか出ない本能的な行動なので、周囲にその相手に懸想しているのだと知られてしまう。意中の相手が自分に関心がない場合は、オメガは衣類の窃盗、アルファは監禁という犯罪になってしまうので注意が必要だが。

この常連の場合は両想いだったらしく、晴れて番になったという。

へえ、という感想しかカミルには浮かばない。アルファなんかを好きになったことがないからだ。

「カミルは想い人はいねえのか？　年ごろだろうお前さんも。その見てくれなら引く手数多だろうよ」

客にそう尋ねられて、カミルは鏡に映る自分の顔を見た。

前世の光弥も整っていたが、今も引けを取らないどころか、凌駕していると我ながら思う。着ているものは繕い跡だらけの庶民の服だが——。

「俺より美しい人にしか惚れない。よって、この国には相手がいないということだ」

そう不敵に笑ってみせると「出たよ、自称国一番の美青年」などと一斉に笑われた。

カミルも「自称は余計だ」と返しながら、もう一度鏡を見る。

不安そうな美青年が、こちらを見ていた。憂い顔もなかなか様になる。

(俺は恋ができるんだろうか)

自分より美しい人間にしか——というのは、もちろん嘘だ。

ふと、伊久馬の顔が浮かぶ。反省したときには、すでに遅かった。伊久馬に自分が冷たい嫌な奴だと思われたまま死んだことも、ずしりと重荷になっている。

カミルにはいくつか縁談が来たし、中には爵位のあるアルファもいた。親が抱えた借金も全額肩代わりしてくれるという申し出もあった。それでもカミルは前向きに考えることができなかった。

(これは伊久馬と向き合わなかった罰なのか)

名家のアルファが、貧乏なオメガに生まれ変わっているという事実を、彼が知ったらどう思うだろうか。想像するだけで恐ろしい。

カミルは、前世である光弥の後悔にとらわれたまま、新しい命を生きている。今世に伊久馬はいないというのに。

町長が勅命書を持って宿にやってきたのは、常連客の巣ごもりが話題になった数日後のことだった。オメガに任せたい仕事があり、王宮に集めているというのだ。

「うちの町から王宮勤めが出たら最高の名誉だ、行ってくれるな？」

貧乏宿屋としては、町の権力者に恩が売れたら、旅人への口利きなどが見込めるため、両親は二つ返事で受け入れた。

カミルは嫌がったが、説明を聞きにいくだけでも給金が出るというので、仕方なく向かうことにしたのだった。

（オメガに任せたい仕事って何だろう、王族にオメガでも生まれたのかな）

二日ほど馬車に揺られ向かった王宮で、カミルは受付をする。

いつものボロ服ではなく、町長が上等な礼服を着せてくれた。どこも似たような事情なのか、華やかな恰好をしているものの着こなせていない者が多い。王宮勤めができるかもしれないとあって、どのオメガも気合いが入っていた。

案内されたフロアにいる五十人前後の男女全てがオメガだと思うと、少し不思議な気がした。オメガは人口の数パーセントしかいない上に、発情するとフェロモンが他者——主にアルファ——に影響しないよう出歩かない期間があるため、オメガ同士が会うことはめったにないからだ。

それでも以前よりはオメガが外を出歩きやすい環境になった。それまでオメガの地位は低く、地域によっては人身売買もされていたほどだった。デアムントは、それを是としない国家を目指し、法整備を進めたのは現在の第一王子なのだという。

そんなことを思い浮かべていると、誰かが呆けたように呟いた。

「第一王子だ」

自分を含め、集まったオメガが一斉に上座の椅子——おそらく謁見のために王族が座る——に注目すると、そこには長身の美丈夫が無言でたたずんでいた。

ただ立ってこちらを見下ろしているだけなのに、そのフロアにいたオメガたちは身動きが取れなくなっていた。短く整えた濡れ羽色の髪、その間から覗く碧眼は深いブルートパーズを思わせるが、色の割に眼光が鋭い。酷薄そうにも見えるのは、おそらく顔のバランスが整いすぎているのに無表情だからだ。

襟や裾を銀糸で彩った白のジャケットとパンツに、瑠璃色のベスト、ドレープが上品なアスコットタイには瞳と同じ宝石のタイピンがついている。革手袋とブーツは黒で引き締め、マントの肩当てはあえてマットな銀が使われていた。鍛えているのか肩幅があり、脚が長いので、光弥の世界で例えるなら、スタイルのいい野球選手のようだった。

美貌の王子と噂では聞いていたが、これほどまでとは思わなかった。美術品のようで、血が通って(かよ)いるのかさえ疑わしくなる。白の正装は着る人を選ぶと言われるそうだが、彼は見事に着こなしている。ここまで美しい男だと、何を着ても似合うのだろうが。

カミルは「それでも俺だって負けてない」などと心の中で張り合うのだが、遠巻きにしていてもびりびりと産毛が逆立つ。オーラが違うのだ。圧倒的なアルファを前にすると、そうやって生物学的な敗北を味わうことがある、と聞く。

王子はじっ……と集まったオメガたちを凝視し、ゆっくりと椅子に座って長い脚を組んだ。そのまま肖像画にでもなりそうな姿だった。

「第一王子、レイノルド殿下だ」

中年の高官がタイミングを見計らってそう紹介すると、フロアで呆けていたオメガたちが一斉に膝をついた。

「オメガのそなたたちを集めたのは他でもない、レイノルド殿下の夜伽係(よとぎ)を選ぶためだ」

夜伽、と聞いてカミルは唖然(あぜん)とした。

(夜の相手を平民から探すというのか?)

フロアに集められたオメガの男女からは、わっと歓声が上がる。

それもそのはず、閨は最も無防備なため、本来夜伽係は身分のしっかりした貴族の令息令嬢が、高給をもらって務めるはずなのだ。平民にもチャンスがあるとなると沸き立つに決まっている。

カミルはというと、乗り気にはなれなかった。

お人好しの父親が保証人になったことで背負ってしまった借金が、ここで採用されれば返せるかもしれない、と頭をかすめたが、オメガの身体を売って借金を返すなら、すでに何度か来ていた金持ちとの縁談を受け入れれば済んだ話なのだ。

それをしなかったのは、心のどこかに前世の光弥の思いがあったからだ。

素直になって、恋をやり直したい――。

伊久馬はいないので、彼とはやり直せないけれど。自分の望む相手が現れたときには、光弥と同じ失敗はしたくないのだ。

話を聞くだけでもらえるという金を受け取って、さっさと帰ろう、と心に決めた。

「選定は必要ない」

低く張り詰めた声が響いた。レイノルド王子の声だ。顔も無表情なら、声も抑揚がなかった。

「私が探しているのはただ一人、ここから一目見れば分かる。金を渡して帰らせろ」

オメガたちの落胆のため息が重なる。彼の気に入るオメガはいなかったようだ。

お眼鏡（めがね）にかなうオメガはなし……とくだらないだじゃれを呟きながら、カミルは帰宅の準備をした。オメガたちは一人ずつ金を受け取ってぞろぞろと出ていく。めかし込んできたオメガたちは「あーん、村長に何て言えばいいの」などと嘆いている。

気になるのは「帰らせろ」と言ったレイノルド王子が、まだ謁見の間から退室していないことだ。なぜかオメガたちの帰る姿を、頬杖（ほおづえ）をついてじっと見ている。見送っているというより、何かを検分しているように見えた。

（まあ俺には関係ないけど）

自分より……いや自分と張り合うくらい美しい男に出会ったことで、カミルの競争心には少し火がついた。しかしあちらはアルファで王族、自分はオメガで貧乏宿屋の三男坊だ。競うのもおこがましいと言われればそうなのだが——。

（前世でも、あの王子くらい立派な体格のアルファだったらよかったのにな）

ようやく自分が金を受け取る番が回ってきた。硬貨入りの布袋だった。

前を歩くオメガがさっそく開けて「銀貨が二十枚も入ってる」と大喜びしていた。四人家族が三ヶ月は生活できる額だ。

ふと、これは夜伽係を探すふりをした、オメガへの施しではないかと思った。暮らしやすくなったとはいえ、発情期のせいで真っ当な仕事に就けず、生活苦を強いられるオメガは多いのだ。

カミルは袋を受け取って、下から布袋をぽんぽんと叩くように硬貨を鳴らした。前世で憧れていた、ドラマの泥棒の仕草だ。つい、カミルもしてしまうようになった。

「ミツヤ」

そう呼ばれて、思わず振り向いてしまった。

椅子から立ち上がって、こちらにまっすぐ走ってくるのは、他でもない王子レイノルドだった。

（ミツヤ、と呼んだのは彼なのか）

レイノルドは、硬貨入りの布袋を持ったカミルの手首を掴む。

ムッとしたカミルは「か、返しませんよ」と抵抗するが、深いブルーの瞳がこちらをじっと見つめる。見つめるというより、見透かされているような気もする。

「タチバナ、ミツヤか……？」

どく、と心臓が一度、その問いかけに大きく返事をした。

なぜその名前を、王子が知っているのか。全く違う世界に生まれついたと思っていたが、どこかでつながっているのだろうか。

しばらく呆けて、はっと我に返る。

そうです、なんて言えるはずもないし、言えたとして自分に前世の記憶があるなどと説明できるわけもない。精神を病んだと勘違いされてどんな扱いを受けるか分からない。なぜ、王子が前世の自分の名を知っているかは分からないが、とぼけるという選択肢しか思いつかなかった。

「ミツ……？　申し訳ありません、おっしゃっている意味が分かりかねます、殿下」

「本当に分からない？」

また見透かすような視線。これほどの美しいアルファに見つめられれば、きっと他のオメガはひとたまりもないだろう。しかし自分は鏡で美形には慣れている。

「全く見当もつきません」

「そうか、では少し話をしよう。そのぶんの手当も出すから」

レイノルドはカミルの腕を引いて、他のオメガたちとは別方向へと連れていく。帰されているオメガたちがざわざわとこちらに注目した。

「お放しください、殿下。俺は何も悪いことはしてません」

抵抗するが、頭一つ分違う体格差なので到底及ばない。手首を摑む彼の手もかなり大きく指が余るほど。オメガでなければ、こんなに簡単に引きずられないのに——と、自分はアルファではないのだから張り合っても無駄なのに、なぜか劣等感にさいなまれた。

ずんずんと王宮の廊下を進みながら、チラリとレイノルドがこちらを見る。

「咎めることなどない、そなたには面談を受けてもらうだけだ」

「家族が心配して俺の帰りを待っているんです！」

嘘八百である。みんな「頑張って王宮でのお仕事もらっておいで！」と渋るカミルを笑顔で見送った。

それ以外でも、色々と同情を誘うようなことを並べ立てるが、聞いていないのかレイノルドは無言でカミルを王宮の奥へと連れ込む。

前世で言うところのバロック調に似た建築様式の王宮は、細やかな彫りが一本一本に施された柱が芸術品のように立っている。石膏（せっこう）で立体的な細工がされた壁や天井の超絶技巧に息を呑（の）む。

その豪奢な王宮内で、使用人たちがこちらを不思議そうに見る。村長が自分を飾り立てるために用意してくれた精一杯の贅沢（ぜいたく）な服も、なぜか場違いのように思えた。

宿屋の粗暴な客にするように、蹴飛ばしてでも逃げ出したいところだが相手は王子。不敬罪が存在するため、何か不興を買おうものなら、家に帰るのは冷たくなった自分かもしれないのだ。

レイノルドはとある部屋にカミルを入れた。侍従に誰も入室させないよう言いつけて。

広いその部屋には、奥に天蓋つきの巨大なベッドがあった。色彩豊かな王宮の内装と違って、この部屋は紺と金で統一されていた。手前には応接セットがある。ここはおそらく王子の私室だ。

「座って」

レイノルドが、カミルをソファに押しつけるように座らせた。肩を握る大きな手にぎゅっと力が入っていて「逃がさない」とでも伝えてくるようだ。

黙っていると、レイノルドは対面のソファに腰かけ、ぽつぽつと質問を始めた。

「見たところ十八くらいか？」

「二十です、オメガは若く見られがちなので……」

住む場所、家族構成など根掘り葉掘り聞かれる。嘘を言って後で調べられても困るので、素直に答えた。

それにしても美しい男だ、とカミルはレイノルドを見た。

ゆったりと組んだ脚は長く、肘かけで頬杖をつく手も指先まで美しく整えられている。

見た目もそうだが、圧倒的な存在感は彼がアルファだからだろうか。魂まで格上感が漂っているように思える。

「ところで、タチバナミツヤという名前に覚えはないか？」

王子の問いに、どきりとして、再度しらばっくれた。

「あ……それは名前なんですね、珍しい発音ですね」

我ながらうまい。異世界の名前など知るわけがないのだ。

レイノルドは、うむ、とうなずいて、こんなことを言い出した。

「私が今から三問、学問の問いを出す。全て解けたら帰ってもいい」

「……解けなければ？」

「この王宮で一生草むしりだ」

ふう、とカミルはため息をつきつつ勝利を確信した。

日本よりも教育水準の低いこの世界の学問など知れている。自分は学校には行かせてもらっていないが、前世の知識があれば解ける程度の問題だろう。それに何せ自分は前世で、無類のクイズ番組好きだったのだ。

「最初は、天文の問題だ」

天動説と地動説を説明せよ、という問題だった。日本では義務教育で学ぶ内容だ。やはり、とカミルは心でほくそ笑む。

「では半径五センチメートルの球体の体積は」

エンジンがかかってきた、とカミルは舌舐(な)めずりした。学校も行かせてもらえないし、宿屋の客層もカミルと同様の教育レベルなので、こういったやり取りに飢えていたのだ。

「では鎌倉(かまくら)幕府はいつ——」

「一一八五年でしょう、はは一一九二と言うとでも？」

教科書が改訂された部分を得意げに答えて、カミルははっとした。

（しまった）

引っかかったのだ。この世界に鎌倉幕府などない。つまり、目の前の人物は明らかに自分のいた日本の、光弥と関係がある人物なのだ。おそらく、自分と同じように過去の記憶が蘇った——。

「最後の問題で引っかけましたね」

そう恨めしげに見上げると、レイノルドがとぼけた顔で首をかしげた。

「全問引っかけているんだが」

この世界で学校に行けなかったことが災いした。

信じられているのは天動説で、地動説などそもそも存在しない。この世界しか知らないならば「ちどうせつ?」と首をかしげなければならなかった。球体の問題にしても長さの単位は「センチメートル」ではなく「ロロ」なので、問題を理解できないことが〝本当の正解〟だったのだ。

テレビのクイズ番組好きが災いして、つい前のめりになってしまった。

「やはり、光弥なんだな」

レイノルドが立ち上がって、カミルの隣に座った。

「二十年も捜したよ、光弥」

碧眼がこちらをじっと見つめる。何を思っているのか瞳が揺れていた。

「あの、あなたは」

誰だろう、と思案して、ふと伊久馬の顔が浮かぶ。

すぐに追い払った。光弥、と呼び捨てにしているから家族か高校時代の友人だろう。

彼であるわけがない、婚約者と転生先で運命的な再会をするなんて、そんなに都合のいい話があるか。

「山羊革の日記帳、死ぬまでずっと使い続けたよ」

光弥が伊久馬に渡そうと思っていた誕生日プレゼントが、まさに山羊革の日記帳だった。

（いや、まさか）

伊久馬はもっと涼しい顔だし、背もオメガにしては高かっただけでアルファと並べば埋没していたし、そもそもこんなに喋らないし――。

レイノルドは、先ほどの硬貨の入った袋をカミルから取り上げちゃきちゃき、下から叩いて音を鳴らした。

「泥棒の仕草、新しい生にまで持ち越していたとは」

やはり、彼だ。この仕草の由来を知っているのは一人しかいないのだから。

「――伊久馬」

前世での名を呼ばれたレイノルドが、美しい顔をくしゃりと崩してカミルを抱き寄せた。

「ようやく会えた、光弥……！」

強く抱きしめられると、彼の身体にすっぽりと収まる自分がいた。背中に回された大きな手、どきりとする低くて男らしい声――。

(伊久馬は、アルファに生まれ変わったんだ。そしてこの国の頂に立つ者として)

再会できた感動も、巡り合わせの驚きも、カミルを襲う絶望感が一掃してしまった。

「見ないでくれ」

カタカタと手が震える。どうした、と覗き込むレイノルドにもう一度言った。

「今の俺を、見ないでくれ……!」

こんな、みじめな自分を。

(何とか開き直って生きてきたのに。よりによって、忘れられなかったくせに一番会いたくなかった男に再会するなんて)

名家に生まれたアルファの自分が、この世界では貧乏宿屋のオメガに生まれた。

母子家庭で裕福ではなかったオメガの彼が、この世界では王族のアルファに生まれた。

二人の性も立場も逆転した状態で、再会してしまったのだ。

(まるで罰じゃないか)

前世で、伊久馬の想いを知らず傷つけ続けた自分への。

押し黙っているカミルに「これまでどうしてた?」とレイノルドが無邪気に尋ねる。

いくら旧知の仲とは言っても、相手は王子。問いに答えないと不敬と取られてしまってもおかしくないので、カミルはぐっとみじめな感情を押し殺して答えた。

「実家の宿屋を、手伝っていました。なかなか繁盛しているので兄弟で親を手伝っているんです、おかげで暮らしにゆとりはありますが」

調子よく嘘が出てくる。借金を抱えて自転車操業しているなど知られたくなかった。もちろん、伊久馬はそんなことで笑う人間ではなかったし、彼自身が裕福ではなかったのでむしろ共感してくれるかもしれないが――。

これ以上みじめになりたくない、と嘘をついてしまう。

前世では、名家の次男である光弥は〝持てる者〟で、母子家庭で奨学金が頼りだった伊久馬が〝持たざる者〟だった。光弥の実家、橘家が不渡りを出した後も、経済的立場は事業が成功した伊久馬が強くなったが、自分がアルファであること、家名には利用価値があること――など、まだすがれる要素があった。

しかし、その要素すら何も持たない今、せめて〝平民ながらも幸せに暮らしている自分〟くらい装っても許されるのでは、と思った。

「その容姿だと、縁談がひっきりなしだっただろう」

お前のことを考えて嫁ぐ気にはなれなかった、と言ったら、レイノルドはどんな顔をするだろうか。

自分の近況を知られたくなくて、彼に質問で返す。

「伊久馬は――伊久馬としての人生は、どうだったんですか」

レイノルドの頬がぴくりと引きつった気がした。

「光弥を失ったのはつらかったが、それなりに得たものもあったかな。五十歳で死んだよ」

この世界の平均寿命は六十くらいなので、五十での他界も珍しくないが、光弥たちの暮らしていた日本の医療水準では、早すぎる死だった。

「五十歳……病気ですか？」

「そういう運命だったんだろう。それに光弥が死んで二十五年も生きたんだぞ、むしろ長すぎたよ」

死因には言及してくれなかった。もしかして自分と同じように事故死だったんだろうか。

それでも、自分の倍生きて、きっと結婚もして子孫も作ったであろう伊久馬の人生を思うとなぜか胸のあたりが気持ち悪くなった。

(俺のいない人生を、伊久馬は過ごしたんだ)

もっと早く伊久馬の気持ちに気づいていれば、次の生にまでこんなに引きずることはなかったのに。たられればを言えばきりがない。

転生するサイクルは、人によって早い遅いがあるのか、自分よりも二十五年も後に死んだ伊久馬が、この世界では二十歳の自分より五年も早く生まれていた。徳を積むと何とかランドのようにファストパスでももらえるのだろうか、と卑屈も浮かぶ。

部屋の扉がノックされる。レイノルドが許可をすると、黒髪にこめかみ部分だけ白髪の壮年の男が、近衛騎士を連れて入室してきた。

「トラウゴット」

レイノルドが口にしたその名に聞き覚えがあった。この国の宰相だ。トラウゴットは深く一礼をして、レイノルドと一緒にソファに腰かけたカミルをちらりと見た。

「ようやく、お気に召すオメガが見つかったようで何よりでございます。確かに美しいオメガですね」

「ああ、すぐ宮中に住まわせよう」

レイノルドが手配を始めたことで、カミルは思い出す。

（そうだ、これ夜伽係の選定だったんだ）

レイノルドが立ち上がり、カミルを見下ろした。再会を果たした先ほどとは打って変わって、表情がなくなっている。

（伊久馬……？）

「カミルよ、そなたを私の夜伽係に命じる。私の命に従い、私に尽くせ」

「……へっ」

間抜けな声を出してしまった。近衛騎士に肩を押さえられ「王子のご命令だ、誠意を込めてお受けしろ」とひざまずくよう強く促された。

「きょ、拒否権は」

カミルの尋ねにトラウゴットが冷たく言い放った。

「あるわけなかろう、処刑が待っているだけだ」

助けを求めてレイノルドを見上げると、無表情でこちらを見つめていた。

そうして身分の差を思い知る。冷たく見下ろすレイノルドと、ひざまずくカミルは、一国の未来の王と、取るに足らない民草の一人だ。

さらに、宰相の言葉が追い打ちをかけた。

「これで〝あのこと〟が解決すれば、婚約者である私の次男も喜ぶでしょう」

婚約者――。

身分が違うとは、そういうことだ、とカミルはぎゅっと拳を握る。光弥が死に際に抱いた「やり直したい」という願いが叶えられるわけではないのだ。

(これは新しい生、レイノルドと俺は別の人生を歩むようになっているんだ)

そう思考を切り替えて、願いに蓋をした。

レイノルドは顎に手を当てた。

「……そうだな、夜伽係などばかばかしいと思っていたが、この者が事態を打開してくれるなら安いものだ」

この者、という呼び方に壁を感じる。これが先ほどまで、再会を喜んで自分を抱きしめていた伊久馬なのだろうか。

（夜伽……そうか、俺は彼を慰める仕事を拝命したのか）

家族は諸手を上げて喜ぶだろう。平民にとって王宮で働くことは名誉なのだ。

カミルはじくじくと痛む胸元をぎゅっと押さえることしかできなかった。

伊久馬と立場が逆転してしまったショックより、夜伽係を命じられたことのほうがカミルにとっては重苦しくて憂鬱な事実だった。自分の容姿やオメガとしての性機能のみが、彼に必要とされたことが――。

トラウゴットが執事長を呼び、カミルは別室へと移された。

まずは執事長に夜伽係の仕事の説明を受けた。

夜伽係は、王族によっては数人控えていることもあるが、レイノルドはこれまで頑なに拒んでいたのでカミルが初めてなのだという。しかも、その多くは下級貴族の令息令嬢。平民が夜伽係になるのは極めて希（まれ）だという。

「平民とはいえ王族の視界に入るのだから、マナーも身につけてもらう」

執事長は髪と同じ白い眉をぴくぴくとさせながらカミルに言った。

（平民が王子の閨に入るのだから、心中穏やかじゃないだろうな）

夜伽係にも決まりがあるという。

主を拒まないこと。口づけはしてはいけないこと。行為が終わったら速やかに退室すること。閨に入るときは首輪をし、何があっても外してはならないこと。避妊薬を飲み続けること――。

避妊薬、と聞いてふとカミルは疑問を口にした。

「お妃がたくさんいれば夜伽係など必要ないのでは？」

複雑な事情がある、と執事長はかいつまんで説明してくれた。

世継ぎは多いほどいいが、子の存在が自身の立場にも直結する妃たちは、自分や他の妃の部屋に夫が訪問する回数にも敏感なのだという。そういったギラギラした監視下では息が詰まることも多い。また、かつては公妾（こうしょう）を持っている王族も多かったが、公妾が妊娠した場合、特に後継者のトラブルが絶えない。

そのため、王宮が管理する慰め役として「夜伽係」が生まれたのだという。

「ただし、レイノルド殿下は別の事情があってな、お前には特命が課せられる」

「と、特命……？」

「レイノルド殿下は、極めて優秀なアルファでありながら発情しないのだ」

レイノルドはそもそも女性にも男性にもオメガにも、全く関心を寄せない人物ではあったが、あるとき貴族のオメガの令嬢が既成事実を作ろうと、発情状態でレイノルドの執務室を訪ねたことがあるのだという。

「うわ、そうなればアルファはひとたまりも……」

カミルはその光景を想像して青ざめた。理性を失う〝ラット〟という状態になってオメガに襲いかかる彼など想像もしたくない。

「いや、そうはならなかったのだ」

レイノルドは表情を変えず「ここはお前の立ち入っていい部屋ではない」と彼女を自ら部屋の外につまみ出したのだ。

令嬢が発情していなかったわけではない。つまみ出された先で、彼女のフェロモンにあてられ正気を失ったアルファの近衛騎士がいたのだから。

そうして、レイノルドはオメガに発情しないことが発覚した。発覚後に分かったのは、数少ないオメガの使用人から「殿下からはアルファのフェロモンの香りが一切しない」と言われていたこと。医師が調べた結果、どうやら身体はアルファとして生まれながら、本能は機能していない——ということらしい。

そんな事態も本人はどうでもよさそうだったが、トラウゴットはそうはいかなかった。オメガで次男のマリアンが、レイノルドの婚約者……正室の候補だったからだ。

「そうか……発情しないと番にはなれないからか……」

前世の日本と違って、この国での同性のアルファとオメガの結婚は、番になることが必要。番になるには、発情期のオメガに反応し、同様に発情したアルファが性交した上でうなじを咬む——という魂の契約が必要なのだ。レイノルドがオメガの発情に反応しないと、いつまでたっても番になれない。

「もともとレイノルド殿下は国民のオメガのリストをお持ちで、何かを探していらっしゃったので、選定に乗り出したのだ」

「でも発情しないなら、オメガの夜伽係が役に立つ場面はないんじゃ……」

「だからそれが、王子に気に入られたお前の仕事だ。オメガのフェロモンで王子の発情を誘発するのだ。何が何でも」

執事長は真新しい木箱を開いてみせる。中には粉末や錠剤の薬が入った瓶がびっしりと並んでいた。オメガを偽発情させる薬、フェロモンを多く分泌する薬、精神的興奮を促す薬——。

「この薬は、お前が飲むためのものだ。併用していいのは二種類までだ。決して殿下に飲ませてはならない。お前がこれを飲むことも、殿下に問われるまでは言ってはならない」

「こんなに飲んだら健康被害が……」

「お前は自分が健康への配慮が必要な身分だと思っているのか？」

こんなに顔がいい人材を失うのは国の損失ではないか、と言い返したいところだが、ぐっとこらえる。

もう一つ、忠告がある、と執事長はつけ加えた。

「夜伽係は〝寵愛（ちょうあい）を受けない〟ことを条件に妃たちが容認した制度だ。殿下に気に入られているようなそぶりを見せてみろ。宰相や、娘や息子を殿下の側室にしたい貴族の怒りを買い、お前の死体が川に浮かぶことになるぞ」

伏魔殿、という言葉が脳裏に浮かぶ。念のためこの仕事から逃げ出したらどうなるか聞いてみると「スパイとみなされ処刑」と教わった。

「しかし何だその道化師みたいな品のない服は。早く着替えなさい」

村長が一生懸命誂（あつら）えた服は、王宮の人間には見られたものではなかったようだ。ひとまず使用人用の服を借り、フリルタイのブラウスに紺のジャケットとベスト、白のパンツと革靴を着用した。

「殿下の婚約者であるマリアンさまが王宮にいらした際は、身なりを整えて必ずご挨拶にいくように。トラウゴット宰相は四大公爵家の一つの出で、強大な権力をお持ちの方だ。ご無礼のないように、挨拶の仕方もこれから――」

執事長が指を立ててそう指導していると、背後から涼やかな声が聞こえた。

「やあ、今でも構わないよ」

執事長が「マリアンさま」と身体を翻し、深々と頭を下げた。

慌ててカミルもまねをする。

ちらりと視線を上げると、赤毛をゆったりと三つ編みにして横に流した美青年が立っていた。服装も王族と見紛うばかりの豪奢さで、濃い紫のジャケットに金糸で施された細やかな刺繡（ししゅう）は、前世での光弥の暮らしで目の肥えたカミルでも息を呑むほど美しい。

この国の貴族や王族の挨拶の方法など知らないカミルは、頭を下げるだけでじっとしていた。

次のパーティーの打ち合わせで、ちょうど王宮に立ち寄ったのだというマリアンは、頭を下げているカミルの肩に優しく手を置いた。

「君がレイノルド殿下の夜伽係になる人？　顔を見せて？」

ふふ、と柔らかな笑い声とともにそう指示されたので、カミルは顔を上げた。

「わあ、とても美しい青年だね。殿下がお気に召すはずだ」

「恐縮です」とカミルはもう一度お辞儀した。そう言うマリアンも、飛び抜けた容姿の持ち主だった。華奢で守ってあげたくなるような身体つき、真っ白な肌、大きな瞳はエメラルドの輝きを携えていた。鼻筋も通っていて上品な顔立ちをしている。

マリアンはカミルの手をぎゅっと握った。

「殿下をよろしくね。もう事情は知っているだろうから、僕とレイノルド殿下が結ばれるためにも……頑張ってね」

はい、と小さく返事をしながらカミルは不思議に思った。

婚約者が曲がりなりにも他の者と寝る――というのは、苦しくはないのだろうか。何人も側室を持つ王族の正室というのは、それくらいの覚悟が必要なのかもしれない。

そんなカミルの視線に察したのか、マリアンは口元を隠してふふと笑った。

「妬かないわけじゃないんだけどね、でも男女の結婚と違って同性のアルファとオメガは互いに発情しないと始まらないでしょう。殿下には早く番になる準備をしていただかないと」

その目には一抹の寂しさもにじんでいた。

おそらくレイノルドが発情できなければ、今度はオメガではなく、発情を必要としない女性の婚約者があてがわれるのだろう。

「聞いたところによると貴族じゃないいんだよね？　夜伽係もちゃんとお給金は出るだろうし、僕たちの成婚後も、殿下が君をお望みになるなら長く勤めてもらっていいんだよ」

その悪気のない親切心に、カミルはなぜかいたたまれなくなった。

優しくて自分の感情に素直で従順――。誰からも愛される公子だ。身分も含め、同じオメガなのに自分とは大違いだ。

（今世では、伊久馬は……レイノルドは、この人と結ばれる運命なのか）

レイノルドもマリアンのために、発情できるようになりたいと思っているのだろう。

ではなぜ、前世で因縁のある自分に夜伽係をさせるのか。

光弥だった自分と婚約していた三年間、冷たく当たられて罵られたことへの復讐だろうか。反省などでは償いきれないことを、次の生で知ることになるとは――。

やはり、脳裏に「罰」という文字が浮かぶ。

＊＊＊＊

【二〇二二年七月十五日】

一周忌。光弥の後を追おうとしたが、周囲の人間に見つかった。精神錯乱であると病院にまで入れられた。大人しくしていたら、医師にようやく日記はつけていいと許可をもらった。

真っ白の壁、真っ白のカーテン、山ばかりの景色。病室の殺風景さにも嫌気が差すが、今は一刻も早くここを出なければならない。

どんな状況でも前向きで、自分が過度に好きで、凛としていた光弥が、高校時代からずっと好きだった。釣り合う立場になりたくて、好きでもない今の事業を成功させたというのに、なぜ光弥が多重事故に巻き込まれて死ななければならなかったのか。

自分と婚約した際、「愛のない婚姻なんて」と傷ついていた光弥には、どれだけ想いを伝えても無駄だと分かっていた。時間をかけて関係を修復していくつもりだったのに。愛のない婚姻に怒るということは、光弥は少なからず僕を好きだったはずなのだ。

僕の誕生日に光弥が用意してくれていたこの日記帳には、メッセージカードが入っていたが、光弥の血がにじんで大部分の文字が読めなくなっていた。ただ、僕の宛名と、おめでとう、だけがかろうじて読めた。日記をこまめにつけていたことを知ってくれていただけでも嬉しいのに。

二頭の羊が、顔を向き合わせているカバーの日記帳。これを手がけた革細工作家のもとを訪ねると、光弥がオーダーしたものだと分かった。どんな気持ちで、このデザインを選んだのか。

僕の誕生日パーティーの会場に車で向かっている光弥から電話があった。今夜話したいことがあると、思い詰めた声で。それが最後の会話だ。

光弥は僕に何を言おうとしていたのだろうか。

なぜ君だけが死んで、僕が生きているのか。

神様、本当にいるのなら、僕を死なせてくれないなら、光弥を生き返らせてくれ。

【2】

王宮と行き来できるように建設された、使用人の居住棟に案内される。

宮中の使用人にも階級があり、一、二階が人前には出ない下働き、三、四階に接客や王族に仕える侍従や侍女、最上階の五階に執事長や侍女長など使用人のまとめ役が住んでいるのだという。カミルは四階の部屋に案内された。

荷物の整理がついたら食堂に行くよう指示を受けていたので、カミルはすぐに部屋を出た。採用試験に来ただけのつもりだったので、荷物が数泊分しかないのだ。部屋の隅にずた袋を置くだけで用は足りる。

廊下では使用人の男女が、遠巻きにこちらを見てひそひそと話し込んでいた。声帯が立派なのか、ひそひそ話なのになぜか聞き取れた。

「見ろよ、平民上がりの夜伽係だって」

「困ったわ……三、四階ももう安全じゃないわね。部屋をしっかり施錠しないと」

「いったいどうやって殿下を騙(だま)したのかしら」

(そうだ、彼らにとっては目障りな存在なんだ)

自分より身分が低いのに、たぐいまれなる容姿を持って生まれたから——。

自分の罪深さにため息をつき、食堂に向かうため彼らの前を横切る。さっと男の足が差し出され、それに引っかかって床に手と膝をついてしまった。

「やあ、すまない。脚が長くてね」

カミルを転ばせた従僕が肩をすくめ、一緒にいた侍女たちが「おかわいそうに」と眉を八の字にして笑っている。気持ちがよさそうだ。こういうとき、人は脳内に快楽物質が出るからいじめをやめられないのだと、前世で読んだ本に書かれていたのを思い出す。

実家の貧乏宿屋でも、給仕中のカミルにそういうことをする輩はよくいた。自分に気のある者が、接点を増やそうとするのだ。

カミルが光弥の記憶を思い出すまでは、いつもそれに引っかかって転んでいた。意地悪しないでくれ、とめそめそすると、彼らは恍惚とした表情を浮かべた。泣き顔にさせて興奮するなんて、ほとんど性的な嫌がらせだ。

しかし光弥の記憶を取り戻してからは、真逆の対応をした。差し出された足の甲をかかとで踏みつけるのだ。「そんなに踏まれたかったか、特別サービスだぞ」と骨が折れるくらいに。

だが、自分をよく思わない人物が多そうなここでは、ひとまず黙って転んでみることにした。自分の顔がいいことが、全ての元凶なのだから。

カミルは立ち上がって会釈した。

「お気になさらず。床の絨毯もふわふわでした、さすが王宮です」

転ばされたことに傷つくと思っていた男女は、気まずそうに視線をそらす。

「悲しそうな顔をしないので驚きましたか？　平民は足をかけられて転んだくらいでは傷つかないんですよ。高級絨毯への感動のほうが大きいのです」

満面の笑みで、従僕の男性に顔を寄せた。彼の顔が自分の眼球に映り込むくらいに、ぎょろりと目を見開いて。

「どんな仕打ちをすれば平民が傷つくのか、お手本を見せてさしあげましょうか、先輩。ただし少々荒っぽいですが」

従僕の男性と二人の侍女は「結構だ」と慌ててその場から退散した。

その背中を見送って、フンと鼻を鳴らした。どの世界にも、身分や肩書きで人間を評価する輩がいるものだ。

そういう自分だって、例に漏れず、アルファだった前世ではベータやオメガを格下だと思っていた。

（アルファであることも、いい家柄に生まれることも、ただの運でしかないんだ）

困窮した母子家庭のオメガとして生まれ、努力して努力して、事業を興して時代の寵児となった伊久馬を思うと、運で最初から〝持っているもの〟を鼻にかけることが、いかに愚かか思い知る。そして、困窮家庭のオメガ、カミルとして生まれたからこそ、蔑まれる側の理不尽も、今はよく分かる。

(伊久馬も、こんな仕打ちを受けていたんだろうか。そんなのちっとも顔に出していなかったけれど)

恵まれたことに無自覚だった光弥が、鈍感だっただけかもしれないが。

到着した食堂には、長いテーブルに二十人ほどの執事、従僕や侍女がずらりと座っていた。彼らの視線が自分に集まる。半数は蔑むような視線、半数は好奇の目だった。

住み込みで王宮勤めをする者たちは、朝と夕、交代制で食事をとる。そういった一堂に集まる場で新人を紹介するようだ。執事長が食事を中断して立ち上がった。

「今日から四階に住むカミルだ」

誰もが、紹介されずとも知っている、という顔をしていた。平民が夜伽係になる話は一瞬で広まったのだろう。

カミルはふと気になった。平民なのに上級使用人の四階に住んでいいのだろうか。

執事長に尋ねてみる。

「レイノルド殿下のお側にいる者を、下級使用人の部屋に入れるのはさすがに――」

理由を述べる執事長を、侍女長が遮った。

「私は反対です」

侍女長は口元をナプキンで拭いながら、手を挙げた。

「平民ならば一、二階の下級使用人の部屋に住まわせるべきです。貴族の令息、令嬢と平民を同じ階に住まわせると、窃盗などのトラブルがあった際に、とりまとめ役である私たちの責任を問われます」

先ほどの視線で予想できたが、約半数の侍女や従僕たちが賛同する。執事長の目が泳いだ。他の者ならさておき、王宮に仕える女性のトップとも言える侍女長の意見なので無下にはできないのだろう。

こんなとき、前世の光弥だったら「何だと！」と怒っていただろうし、その記憶を取り戻す前のカミルなら「どうしてそんなひどいことを」と泣くばかりだっただろう。

カミルは「それでは」と胸元に手を当てて、反抗心がないそぶりを見せ提案した。

「下働きの部屋で十分ありがたく存じます」

侍女長がちらりとこちらを見て「どんな野蛮人かと思えば、身分をわきまえている青年じゃないですか」とうなずく。

すると端にいた従僕が「平民の割にはね」とささやくので、食堂が笑いに包まれた。

「ご迷惑をおかけして申し訳ありません、俺が国で一番顔がいいばかりに、本来貴族の方がなるべき夜伽係になってしまい……」

己の美を悔やみつつ頭を下げて食堂を出ると、背後から「今自分で顔がいいって言いませんでした、あの人」「国一番って自分で言った?」とざわめきが聞こえた。

荷物を持って移った二階――下働き用の居住区――にも、カミルは口を開けた。実家の何倍も立派な部屋なのだ。

それなのに、案内してくれた洗濯メイドで、母親と同年代くらいのヘルマは「こんな粗末な部屋でごめんなさいね」と申し訳なさそうにする。王宮の下級使用人は、平民でも〝上澄み〟の層が務める。案内してくれたメイドのヘルマも商家の三女なのだそうだ。親族が王宮に勤めているというだけで名声も信頼も得られるのだという。

「私は養女だから実家にそんなに愛着ないしね」

それでも上級使用人の侍従や侍女たちよりは、カミルに親切だった。

「しかし懐かしいわね、夜伽係なんて十年ぶりよ」

「十年というと国王陛下がお若いころにいたのかな」

「いいえ、今の国王陛下は愛妻家で五人のお妃がいらっしゃるから。最後の夜伽係は前王の担当で、陛下が亡くなるまでいたわよ。晩年は夜伽というより介護係だったけど」

ヘルマは五十代だというので、かなり王宮に詳しいようだ。

レイノルドの婚約者、マリアンが「結婚後もいていい」と言っていたのは、そういう前例があるからなのだろう。

その夜伽係は前王逝去後どうなったのか、とヘルマに尋ねるが「さあ」と首をかしげた。

人知れず消息を絶ったのか。これまで夜伽係は下級貴族の令息、令嬢が務めていたと聞くので、実家に帰ったのかもしれない。

（まあ俺のような、発情させるという特命はなかっただろうけど……）

レイノルドはアルファとしての発情ができない。原因は分からないが、発情を促すためにはオメガのフェロモンに慣れさせるのがやはり一番効果的な方法なのかもしれない。

自分がそれを成し遂げれば、レイノルドは晴れて婚約者のマリアンと番になれるのだ。

カミルは自分に言い聞かせた。

レイノルドはレイノルドであって、伊久馬ではない。伊久馬だって光弥の死後、誰かと一緒になって幸せな家庭を築いたはずだ。

つまり自分は、前世でも今世でも、彼と結ばれる運命ではないということだ。それでよかった。結ばれなかったけれど、気づくのが死の直前と遅すぎたけれど、伊久馬からもらった一途な想いは宝物だ。

そして彼は自分に、見返りを求めていなかった。今度は自分が、それを返す番なのだ。

夕刻になると、レイノルドの従者が訪ねてきた。今夜から仕事なのかと思いきや、夕食をともにするように、との指示だった。

「俺が……殿下とですか？　給仕ではなく、一緒に食べる？」

従者も複雑な表情をする。王族が使用人と食事をするなんて聞いたこともない。

去っていく従者を見送ると、同じ階の住人たちがカミルに駆け寄ってきた。

「ちょっと！　レイノルド殿下とお食事だなんて、すごいじゃない！　上級使用人でもそんなことないわよ」

「本当は殿下の恋人なの？　身分を超えた恋だから夜伽係に……」

そんなわけないだろう、と笑いながらジャケットの袖に腕を通す。

（前世で婚約者だったなんて、言ったって誰も信じないよな。自分だってまだ信じられないくらいなのに）

それでも少し気持ちが浮き立っていた。

伊久馬とは何度も食事をしたが、政略結婚の話がある前は、和気藹々（わきあいあい）としていたものだ。あんな楽しい時間が過ごせるのだろうか――。

使用人居住棟から王宮に渡ると、男性の侍従がカミルを待っていた。じろり、とこちらを睨むと「こっちだ」ときびすを返した。おそらくレイノルドに迎えにいくよう命じられたのだろう。客人ならまだしも、それが自分より格下の平民の下級使用人なのだから傅（かしず）くのも不本意であることは理解できる。

両開きの扉の前で侍従が足を止めると、ふとカミルを振り返った。

「こちらがダイニングでございます」

扉の中の人物に聞かせるかのように、声を張る。そして中に入ろうとするカミルに、そっと耳打ちをした。

「マナーで大恥かくのを側で見られて嬉しいよ」

言葉遣いは上品だが、ささやく内容は底意地が悪かった。

「よく見ておいてくださいね、俺の顔に見とれてると見逃しますよ」

カミルはそうささやき返して、ダイニングに足を踏み入れた。

すでに着席していたレイノルドはカミルを見るなり柔和な笑みを浮かべた。

「来てくれてありがとう、どうしても今日は一緒に食べたかったんだ」

その瞬間、給仕たちの動きが数秒止まる。まるで信じられない言葉を聞いた、というような目でレイノルドを見ている。

「お招きありがとうございます。使用人との食事は退屈でしょうが、採用初日のご高配だと思って甘えさせていただきます」

これ以降は呼ばないように、というニュアンスを含ませて礼を伝える。

「なぜかな、一緒に夕食はだめだった？　怒ってる？」

少し身体をかがめて、着席したカミルの顔をレイノルドがうかがう。その仕草に、再び給仕たちの手が止まった。

それに気づいたレイノルドが、碧眼をゆっくりと細めて「なぜ手を止める」と冷ややかに責めるものだから、その場がまた凍りついた。

給仕たちの顔には「だってその温度差おかしいでしょ」と書かれている。

　ここにいる者たちは、みな上級使用人の従僕だ。接客をすることが多いので若くて容姿が華やかな男性が選ばれる。王宮の従僕は子爵や男爵の末子などを中心に構成されている。平民で下級使用人であるカミルに給仕をするなど思ってもみなかったのか、ワインを注いでいる従僕など口元がひくついている。

　扉の側には、先ほど自分を案内した侍従が立っていた。ちらりと視線が合うと、小馬鹿にしたように笑っている。カミルが食事のマナーで失敗するのを待っているのだ。

（カミルは知らないだろうな。しかし光弥は覚えている）

　事業で不渡りを出したとはいえ、光弥は名のある家で育った。マナーなど知らないわけがないのだ。ただ、この世界のマナーとの違いが分からないだけで。

「殿下、一つお尋ねしてもよろしいでしょうか」

「何だ？」

「こ、こちらのマナーは、私の知っているものと差異はありませんか？」

　この言葉だけで、伊久馬の記憶を持つレイノルドには通じる。前世で自分たちが生きた世界とのマナーの違いを尋ねたのだ。

「ああ、ほぼ一緒だ」

　にこ、と微笑み（ほほえ）で返事をすると、カミルは並んだカトラリーですするすると皿をきれいにしていく。この世界に生まれて初めての上質な料理だった。この世界では、肉は手に入りやすいが、新鮮な野菜がなかなか高価だ。そのため庶民は焼いた肉とパン、という組み合わせの食事がほとんどで、豪商や貴族以上でなければ豊富な種類の野菜を摂れない。

さすが王宮、グリルしたものからポタージュまで、野菜料理が完璧だ。

「ああ、美味しい」

この野菜の味が恋しかった。スープはエンドウ豆のポタージュ、しかも冷製だ。冷製となると氷が必要だが、電気や冷凍庫のないこの世界では、氷山を削って運ぶ貴重なもの。冬だとそれでも金を出せば手に入るが、今のような春先だと貴族でもなかなか手に入らない。つまり、贅を尽くした逸品なのだ。

「口に合ってよかった」

レイノルドがまたにっこりと笑みを浮かべ、その後も嬉しそうに食事を続ける。

そして扉側に待機していた侍従は、目を丸くしていた。手づかみで食べたり、マナーを知らず食べられなかったりするカミルを期待していたのに、まるで生まれながらの貴族のように食事を進めているからだ。

カミルは侍従をちらりと見て、口をぱくぱくとさせた。

『お手本にしていいですよ』

侍従は、ぐっと悔しそうに唇を噛む。それに気づいたレイノルドが、侍従に冷ややかな視線を送った。

「侍従と知り合い?」

レイノルドの問いに、カミルは侍従をじっと見ながら「実は」と口を開く。当の本人は真っ青だ。あれだけ使用人や臣下には冷たいレイノルドが、カミルにはまるで旧友のように親しげなのだ。『マナーで大恥かくのを側で見られて嬉しいよ』と嫌みを言ったことを告げ口されては、自分の首が飛ぶかもしれないと考えたのだろう。

「こちらに移動しながら、食事のマナーが守れるか心配だという相談に乗ってもらっていたのです。とても親切な方ですね」

レイノルドは「そうか」と目尻を下げて、もう一度侍従を見た。

「もう相談できるような同僚を見つけたのか」

カミルからはレイノルドの表情は分からなかったが、侍従の顔色が青から土気色になっていくのが見えた。

食事が終わると、腹ごなしに庭園の散歩に誘われた。

(使用人と夜の散歩なんて普通じゃないだろ)

ふと、執事長の忠告を思い出す。

『殿下に気に入られているようなそぶりを見せてみろ。宰相や、娘や息子を殿下の側室にしたい貴族の怒りを買い、お前の死体が川に浮かぶことになるぞ』

カミルはゆっくり頭を下げて遠慮する。

「殿下、俺はただの夜伽係です。そのような扱いはおやめください」

勘弁してくれ、というメッセージを丁寧な言葉で伝えるが、レイノルドはカミルの口元に指を寄せて台詞を遮った。

「……今日だけ、今日だけだから。カミルの歓迎会ということで許してくれ」

凛々(りり)しい眉をハの字にして、絞るような声でそう懇願されると断れなかった。

(何でそっちが失恋したみたいな顔するんだよ)

王宮の庭園は、満月に照らされて思いのほか明るかった。国内で最も優秀な庭師たちが腕によりをかけて造園しているとあって、雰囲気も色のバランスも、緑の濃淡も完璧だ。

使用人であることをわきまえてレイノルドの後ろを歩いていたが、横に並ぶよう指示される。そして、小さな声でこう頼まれた。

「二人きりのときは昔みたいに話せないか」

カミルはそれに応じて「いいよ」とうなずいた。あと殿下と呼ぶのもやめてほしい、と。

「名前で呼んでくれ」

どちらの名前で、と聞き返すと「好きなほうで」と言われ、なぜか喉のあたりがちくりとする。「伊久馬と呼んでくれ」と言われなかったからだろうか。この世界では自分たちしか知らない名前で呼び合って、旧交を温めたり秘密を共有したりすることを期待していたのかもしれない。

だからあえて、こう呼んだ。

「レイノルド」

伊久馬の記憶を持ってはいるが、彼は伊久馬ではないのだ、と自分に言い聞かせるために。この国の王子様なのだ、と思い知らせるために。

レイノルドは両手で顔を覆って「ああ」と唸った。

「話したいこと、聞きたいことがありすぎて、何からどうしたらいいのか分からない」

それはこちらも同じだ、とカミルは噴き出した。

「俺は夜伽係になったんだ、話す時間はいくらでもある」

「夜伽か、会う口実のつもりだから真に受けなくても」

そういうわけにはいかないのだ、とカミルは抗弁する。

「俺は無責任が大嫌いだって、知ってるだろう？　きちんと仕事していないと思われたら給金だってもらえない。平民が王宮に勤めるって名誉なことなんだ」

「でも、いや、嬉しいけど、そんな」

「レイノルド……俺、心を入れ替えるよ」

「入れ替える？」

「お前に再会することになったのも、きっとそのチャンスなんだ」

胸元をギュッと握る。レイノルドはカミルを覗き込んで目を細めた。

「……本当に……光弥？　何だか私の知っている彼ではないんだけど。それに婚約者の話は――」

カミルは首を振って、みなまで言うなと遮った。

「正真正銘の俺だよ。傲慢なアルファとして生きていた罰を受けて今に至ったと思うんだ。幸い、顔だけは今世もいいけれど……」

どの発言かは分からないが、レイノルドがほっとしたように「よかった、やっぱり光弥だ」と胸を撫で下ろす。

今こそ謝りたい、と思ったが声が出なかった。

（謝って何を求めるんだ？）

死ぬ前に伊久馬の一途な想いを知ったこと、それまでの仕打ちを謝罪して、恋をやり直したかったこと――。

どれを伝えても、婚約者のいるレイノルドにはむしろ迷惑な話ではないか。

『彼のように見返りを求めず一途に想いたい』

光弥はそう死に際に願ったではないか、とカミルは自分に言い聞かせた。自分が許されることなどどうでもいいのだ。レイノルドの幸せのために尽くすチャンスを、自分は与えられたのだから――。

カミルは右膝をついて、胸に手を当てた。身分の高い者に忠誠を誓う作法だ。

「伊久馬だったあなたは、新たな生を得て第一王子、そしてアルファとなった。俺はオメガとしてあなたの夜伽係になった」

顔を上げると、不思議な表情でレイノルドがこちらを見下ろしていた。口をキュッと横に結んで、何かの痛みに耐えているような顔だった。

カミルは続けた。

「夜伽係として誠心誠意、殿下にお仕えします」

好いた惚れただけが、人間関係ではないのだ。

彼の――レイノルドのことはまだ何も知らない。知っているのは彼の魂が昔「湯浅伊久馬」という人間だったことだけなのだ。傲慢でプライドの高い光弥を捨て、一つ一つ、彼との絆を結び直そう。神様がこの機会をくれたのだとしたら、それが罰でありチャンスでもあるはずだから。

（結ばれる運命ではなくても、自分ができることで彼を幸せにしよう）

レイノルドは表情を引き締めた。

「ああ、しばらくよろしく、カミル」

（しばらく）

その言葉に、期間限定であることを思い知り、胸がチリと擦れる気がした。

カミルは邪念を追い払って尋ねる。

「では最初はいつ呼んでくれる？」

先ほどの従僕や侍従たちに対する冷ややかな表情はどこへやら、レイノルドは初めてエロ本を見た中学生のようにおろおろしていた。

「希望を言っても怒らない？」

レイノルドが口元を押さえて、ちらりとこちらを見る。

「当たり前だろ」

「今夜」

じっとこちらの顔色をうかがう。

「仰せのままに」

カミルが膝をついたままうなずくと、レイノルドは慌てて立ち上がらせる。そして膝についた砂利（じゃり）を手ではたいてくれた。

「やめてくれ、傅く光弥なんて見たくない」

「伊久馬……いやレイノルド。これが今の俺たちの関係なんだから受け入れてくれ。人前で俺を特別扱いすると、俺の立場が悪くなることも理解してほしいんだ」

レイノルドの手をぎゅっと握って願った。

「こんな形で再会してしまったけど、少しでもお前の力になれるよう、俺、頑張るから」

見返りは求めない。彼が婚約者と番になるために、自分は何としてでも発情を促さなければならない。

そう心に決めると、自分がオメガに生まれてよかったとわずかに思える。前世で自分を一途に想ってくれた彼の役に少しは立てるかもしれないのだから。

「私は、光弥がカミルとしてここに生きているだけで、もう涙が出そうなんだ」

「俺もだよ、ずっと会いたかったよ」

会って謝りたかった、とはなぜか口にできなかった。

これが恋愛感情なのか親愛の情なのかは分からない。けれど、かつて婚約者だった自分たちには、誰にも邪魔ができない記憶の結びつきがある。

レイノルドは、レディにするようにカミルにエスコートの手を差し出した。

断ってもよかったが、夜伽に向けた雰囲気作りの一環であると言い訳できるだろうと、カミルは手を重ねる。

すると、レイノルドが笑った。

「素直に手を取ってくれるなんてな、光弥にはいつもはたき落とされていたのに」

確かに伊久馬の手を取ったことはなかった。

それはアルファとしてのくだらないプライドのせいだった——そう伝えて謝るチャンスだったが、口を開いても声が出てこない。

あのときはごめん、アルファとしてのつまらない自尊心が邪魔をして素直になれなかったんだ——そう言えばいいだけなのに。レイノルドが、彼の中の伊久馬が「今さら」と呆れるのではと恐れて、言葉にできなかった。あのころの頑なな態度の自分を、思い出してほしくもなかった。

何でもない顔をして、カミルは分かったようなことを言ってみせた。

「人生二度目だと色々丸くなるんだ」

本当は丸くなんてなっていない。反省と後悔にまみれて、苦しんでいただけだ。

レイノルドの私室に入るなり、カミルは背中から抱きしめられた。ポケットに入れた粉薬——執事長に渡された避妊薬——を飲まなければならないのに身動きが取れない。

振り返ると、部屋の明かりがレイノルドの青い瞳を照らしていた。

瞬きをするたびに長いまつげが、地球儀みたいな瞳に影を落とし、そして光を吸い込むようにきらめく。

美しい男、という言葉は彼のためにあるのだとカミルは思う。もちろん、美青年は自分の代名詞だが。しかし、彼の魂が伊久馬だと思うと、カミルは高揚感が背中から這い上がった。

（伊久馬……）

顎を引き寄せられ、唇が重なろうとする。カミルは慌てて唇の間に手を差し入れた。

「だめなんだ」

「何が？」

唇を阻んだカミルの手を、レイノルドがギュッと握って引き寄せる。

「夜伽係は口づけをしたらいけないいんだ」

「どうして」

(夜伽係だからだよ！)

残念そうなレイノルドから顔を引き離して、カミルは彼のフロックコートを脱がせ、ポケットに忍ばせていた番防止用の首輪を装着する。

割り切って仕事としてレイノルドに仕えるつもりだったが、ここにきて心臓が跳ね回る。

(よく考えたら、俺は前世でも今世でも童貞じゃないか)

ここまで自信があるように錯覚していたのは、自分が元アルファだから何をしたら気持ちがいいかが分かる――と思っていたからだ。

しかし、そこに至るまでにどんな作法で服を脱いで、雰囲気を盛り上げて、ベッドに潜り込んだらいいのか分からない。もしかすると、上流階級にはベッドでもマナーがあるのかもしれないし……。完璧なつもりだったテスト対策が、実は的外れな勉強法だったときのような緊張感に襲われた。

コートとベスト、そしてブラウスを脱がせたところで、カミルは手を止めた。

「……怒らないで聞いてくれる？」

「ああ、何？」

レイノルドは心なしか頬を赤くしている。

「この後、どうしたらいい？」

二人の間に数秒の沈黙が訪れる。

「こらこら夜伽係」

なぜか嬉しそうにレイノルドが顔を覗き込んでくる。

「だって前世からこれまで俺、何の経験もなくて、そもそもキスだって一度も……」

「いや、キスはあるよ。光弥は」

「ないよ、してたら俺が覚えてるに決まってる」

「僕がした、火葬前に」

僕、という一人称に違和感を覚えて顔を上げると、レイノルドの目が赤くなっていくところだった。

「棺で眠る冷たい光弥に、僕が勝手にした。嫌だったら怒って『俺に断りもなく何をするんだ！』って起きればいいのにって、願いながら」

まつげが濡れて下瞼にはりついた。

「でも怒らなかった、キスしても、頬を撫でても手を握っても」

レイノルドの手がカミルの頬に伸びる。

自分に触れているのはレイノルドだが、目の前で泣いているのは伊久馬だった。

「血色のいい、温かい肌だ」

彼の親指がカミルの頬を滑る。最後に触れた、血の通っていない光弥の感触を思い出しているのだろうか。

首筋に指が添えられた。頸動脈(けいどうみゃく)を軽く押さえられると、どく、どく、どくと脈打っているのが自分でも分かった。

噛みしめるように「生きてる」と彼は言った。唇が震えている。

「生きてるんだな……」

カミルはとっさにレイノルドの頭を自分の胸に抱き込んだ。

身分違いの再会を喜べるのかとか、前世での謝罪を伝えるのが不安だとか、カミルは自分の浅はかさを恥じた。結婚目前で婚約者の葬式に出なければならなかった伊久馬の心中を、全く慮(おもんぱか)っていなかった。彼の光弥への、執念とも言える一途な想いを知っていながら、彼が自分の死によってどれほどの傷を受けたのか、想像できていなかった。

(俺は自分のことばかり……みじめな身分やオメガ性で、何でも〝持っている〟立場に生まれたレイノルドに勝手に劣等感を抱いて……)

「伊久馬……」

カミルの背に大きな手が回されて、しかし子どものようにしがみつかれた。

「光弥、光弥、なぜ僕を置いていった、僕には光弥しかいなかったのに」

交通事故は何が原因だったかは知らないが、詮無きことだとは彼も分かっている。

彼の苦しみがじわりと伝わってきて、胸が苦しくなる。

カミルはレイノルドの髪を梳いた。ジャケットやブラウスを脱ぎ、肌をあらわにすると、レイノルドの手を取って自分の心臓に触れさせた。

「夜伽の仕方は分からないけど、安心できるまで好きなだけ俺に触れてくれ……」

レイノルドが赤い目を擦りながら、大きな手をカミルの脇腹に滑り込ませる。

「ん……」

彼の温かくて乾いた手が滑るだけで、カミルはなぜか声が漏れた。「キスは?」と顔を寄せてくるので、それはだめだと手で制した。

自分は夜伽係なのだ。身体を好きにされるのが仕事であり、主人に愛されていると周囲に誤解されてはならないのだ。自分の身の安全と、レイノルドの未来のためにも——。

レイノルドの体重が自分に傾けられ、そのままベッドに押し倒される。

カミルのはだけた胸元に顔を寄せ、こちらを見上げながらキスを落としていく。

(唇にできないからって腹いせのように……)

胸の飾りに行きつくと、その先をつんと舌先でつつく。

「ふ」

声が出てしまったカミルは慌てて自分の口を塞いだ。

「声も聞きたい……興奮させて」

ランプだけの薄暗い部屋で光るレイノルドの碧眼は、ぎらりと妖しい光を放っていた。

レイノルドの唇がカミルの乳首に吸いついた瞬間、また声が漏れてしまった。まるで繁殖期の獣のような。その声に気をよくしたレイノルドが、さらに音を立てて吸い上げる。

「はぁっ……ち、乳首は、女の子じゃないんだから……っ」

「どうして？　ここ、もう膨れて硬くなってる。気持ちいいくせに」

吸っていないほうの乳首を指で捏ねながら、そう挑発してくる。恥ずかしくて顔を背けた。

「感じてることが恥ずかしいんだろ、こんなうぶな子が夜伽係で大丈夫なのか？」

意地悪を言って、再びレイノルドが強く吸った。

「ああっ」

もう片方の胸は大きな手で揉んだり、乳首を扱ったりしている。人差し指と中指で果実を摘まみ転がすようにクニクニとねじられると、自分でも驚くことに、揉まれたそれがピンと凝縮して濃い赤になっていった。

「や……そんなとこ、だって、人に触られるなんて……思っても……」

「果実みたいな甘い香りがするよ、カミル」

レイノルドの唇が、指で愛撫していた乳首に吸いつく。吸われたそれは彼の唾液が照明を反射し、淫靡なつやを放っていた。そのぬめりとともに指で扱かれると、さらに感じてしまって腰がびくんと浮いた。

その反応にレイノルドが嬉しそうに笑っている気配がする。

「も、もういいだろ……！」

「だめ」

レイノルドが身体を起こそうとしたカミルを再びシーツに縫いつけて、乳首への愛撫を続けた。

「ふあ、ああっ」

舐められたり揉みしだかれたりしているのは胸なのに、なぜか下半身にぎゅうぎゅうと血が集まっている気がする。発情期に覚える、あの下腹部の切ない締めつけに似ていた。

ごつ、とした感覚が太ももに触れる。そこに擦りつけられているのは、昂ぶったレイノルドの股間だった。スラックス越しでもかなり張り詰めているのが分かる。

カミルはレイノルドのそこに手を伸ばし、優しくスリ……と撫でてみた。

「っ……」

胸を舐っていたレイノルドの動きが止まり、恨めしそうにこちらを見上げる。

「夜伽係ですから」

得意げに言ってみせると、カミルは人差し指の爪で、布越しに亀頭をカリカリと優しく引っかく。

ぴくりとレイノルドの身体がわななないた。どうだ、という顔で今度は根元の膨らみに指の腹で意地悪をする。アルファの男根にしかない、亀頭球だ。

陰茎の根元にあるこぶのようなもので、勃起時には軽く膨らみ、射精直前には血が集まってさらに膨らむ。挿入した性器から陰茎が抜けないようにする仕組みで、確実に相手を孕ませるためのものだ。アルファにとっては象徴的な、オメガや女性にとっては少し厄介な部位なのだ。

(分かってるんだよ、どこが気持ちいいかは)

誰かとベッドになだれ込んだことがなかったので、手順が分からずに狼狽えたが、こうなればかつてアルファだった自分にアドバンテージがある——と思わず笑みが漏れてしまう。

その瞬間、カミルの乳首に刺激が走った。乳輪と膨らみのつなぎ目に、レイノルドの歯が立てられたのだ。

「あっ、噛ん……！」

もちろん甘嚙みだが、そのせいでさらに下腹部がきゅんきゅんと絞られていく。爪で亀頭や亀頭球(ノット)に意地悪された仕返しに、何度も歯を立てて食まれる。

「ひっ……な、なんで」

「感じる？　オメガの身体だからだよ」

レイノルドは、前がはだけてしまっていたカミルのブラウスを完全に脱がした。

(俺、アルファの身体のことは知ってても、自分の……オメガの身体のことは全然知らないんだ……！)

そして、もう一つ失念していたことがあった。伊久馬の記憶を持っているレイノルドは、オメガの身体を熟知しているのだということを——。

レイノルドの舌が胸から離れ、舌がツー……と肋(あばら)、臍(へそ)、をなぞっていく。スラックスと下着を一気に引き抜かれると、そこから上を向いたカミルの陰茎が飛び出した。

「ちょっと、待っ……それは逆で俺が——」

手でそこを隠そうとすると阻まれる。

「見せて」

表情が本気だ。舌が鼠径(そけい)部をなぞり、髪と同じアッシュブロンドのささやかな下生えを指で梳いていく。それなのに硬く主張しているカミルの陰茎は、じっと見つめられるだけで触れてもらえない。

落ちてくるレイノルドの黒髪が亀頭をさらりとくすぐって、カミルは思わず「ん」と身体をこわばらせる。

「お、俺のはいいから、レイノルドの――」

言い終えないうちにレイノルドの口が開き、カミルの先端を咥えた。

「は、ぁーッ」

裏返った自分の声にびっくりして、身体が震えた。

こういうセックスの仕方があるのは、もちろん知っている。だが――。

（こんなに気持ちいいなんて……聞いてない……！）

男として最も敏感で感じやすい部分を、温かくてぬらぬらした口内に迎え入れられると、全身に電気が走ったような快楽に襲われた。

「な、なに、これ……えっ、あ、熱い、す、すご……」

口淫が気持ちいいこと、という知識はある。光弥だったころに何度も動画で見たことがあるし、カミルとしても行為中の客の部屋にうっかり掃除に入ってしまい、目撃したことがあったからだ。

知識と体験は、全くの別物であると知る。手で擦るだけの自慰とは違い、唇や舌、粘膜に包まれたり扱かれたりすると、すぐにでも達してしまいそうだ。「気持ちいい」を超えた淫らな痺れがさざ波のようにカミルに押し寄せた。

「だ、だめ、もう、出る……放して、放してくれ……！」

嫌だ、と訴えるようにレイノルドはカミルの腰に手を回してホールドし、残酷にも口淫の速度を上げていく。豪奢で品のある部屋に響く、オーラルセックスの卑猥な音に混乱しながら、カミルはあっけなくレイノルドの口に熱を放った。

「あっ、あーッ、んっ、んんっ」

自慰では宙や手の中に放たれるものが、レイノルドの口の中へと強く吸い上げられるため、射精感の度合いも長さも桁違いだ。

（き、気持ちいい。ずっと出していたい……）

ゆらゆらと腰が揺れてしまって、自分がとても淫猥な人間になった気分になる。

レイノルドに解放された陰茎は、少しずつ通常の形に戻っていく。その過程でカミルも我に返り、慌てて自分の手巾をレイノルドの口に運んだ。

「だ、出して！　汚い……！」

レイノルドは顔を背けたが、カミルが無理やり吐かせた。

「何てことを……これは俺の役割なのに……」

レイノルドは口元を手巾で拭いながら「今はそうかもしれないけど」と前置きして、こう告げた。

「ずっとしたかったんだ、嬉しいよ」

その〝ずっと〟には、何十年分の伊久馬の願望も込められているから重いのだ。

カミルは自分を、前世の光弥を責めた。

（どうして意地を張って伊久馬を拒み続けてしまったんだろう）

じわりと下腹部が熱くなった気がした。発情の兆しにも似たそれは、カミルにとっては忌むべきものだったはずなのに。こんな性的な快楽なんて、欲しいとさえ思っていなかったはずなのに。

先ほどレイノルドにされた口淫が、あまりにも善くて、今度は自分が彼を同じ気分にしてあげたいと願ってしまう。

（こんなに、淫らで、いやらしい行為なのに……）

レイノルドの脚の間に身体を挟み、彼のスラックスと下着を脱がせると、自分のそれとは比べものにならない質量の男根が上を向いていた。

まだ膨らみきっていないアルファ特有の亀頭球から、先端にかけて血管が浮かんでびくびくと震えていた。自分の身体や陰茎を舐って彼がこうなったのだと思うと、心臓なのか胎なのか、きゅうきゅうと切なく締めつけられる。

「今度は俺の番……」

カミルは尖らせた舌で亀頭球から先端の鈴口までをスーッとなぞる。ベッドのヘッドボードに背中を預けたレイノルドは、大きく息を吐き、カミルの髪に指を差し込んだ。

舌が鈴口にまで到達すると、その大きな亀頭をカミルは口の中に迎え入れる。口で他人の陰茎をしゃぶるなんて、まさか自分がするとは思っていなかったから、実際にどうすればいいかの知識はないが、歯が当たらないように懸命に咥え込んだ。

カミルの口が小さく、彼のものが大きいせいで、自分がされたように陰茎を口で大胆に扱くことはできないが、入るところまで受け入れたいとぐっと顔を寄せる。すると、喉のほうまで到達して少しえずいてしまった。

「くっ……」

えずきのせいで先端が締めつけられたのか、レイノルドの表情が困ったように蕩けた。

(うわ……感じてる)

レイノルドの反応に、カミルの心拍が上がる。自分がしている一つ一つの愛撫で、レイノルドが善くなっていくと思うと無上の喜びがこみ上げる。

亀頭球に手を添えて優しく扱き、先端から何度も深く口内へと導く。

先ほどレイノルドにされたときは、濡れたふわふわに包まれているような夢心地だったが、咥えるほうは、陰茎のくびれや血管のでこぼこを存外はっきりと舌や上顎で感じられた。

もう一度レイノルドを見ると、目が合った。一瞬たりとも見逃さない、とでも言うように、瞬きもせずこちらを凝視していた。興奮してくれているのか胸が大きく上下している。

目が合うと、ささやくように「善いよ」と告げられた。

目元が赤いせいか色香が壮絶で、これで発情できないとはどういうことなのだ、と不思議に思う。陰茎もこんなに猛っているのに、確かにアルファ特有のフェロモンが香ってこないのだ。これでは性交はできても、番を作ることはできない。

しばらくレイノルドの陰茎を舐っていたが、気持ちよさそうにするものの決まり手にはならないようで達してくれない。むしろ自分が簡単に達してしまったことが、カミルは少し恥ずかしくなった。

（俺のが軟弱すぎるのでは……）

ふと、自分の太ももに何かが垂れていることに気づく。汗かと思ったが、後孔からしたたる愛液だった。男性オメガのそこは女性器と同様に、陰茎をスムーズに受け入れられるようにできているのだ。発情期はそのせいで洗濯も大変だ。

レイノルドのものを舐めている自分も快楽を得ているのだと自覚すると、顔から火が出そうになる。

（はしたないことだと思っていた行為で、自分が濡れるなんて）

知られたくなくて股をきゅっと閉じたら、それが逆効果だったようで、レイノルドがカミルの腰だけを抱え上げる。

レイノルドの股間に顔を埋めたまま、膝立ちで尻を高くした体勢になる。まるで遊びに誘う猫だ。その臀部をそっと撫でて、レイノルドがささやいた。

「濡れてる」

事実を言われただけなのに恥ずかしくて震えてしまう。

これが全く見知らぬ相手なら、そうでもなかったかもしれない。前世の自分まで知られている相手だからこそ恥ずかしいのだ。

それでも秘部に触れたレイノルドは、そのぬめりに何を思ったのか、陰茎をさらに膨張させる。自分の口内を占領していた膨張が最大値ではなかったのかと戦慄する。

くぷ、と彼の指が後孔にゆるりと入ったのが分かり、カミルはぴくんと背をそらしてしまった。

「力抜いて、カミル」

「だ、だって指が入って……」

「入れてるんだよ。痛くないから……ほら、光弥」

みつや、と呼ばれた瞬間、なぜか懐かしくなって身体のこわばりが解ける。同時にレイノルドの指を蕾がくぷくぷと呑み込んでいく。

長い指が体内の粘膜をなぞっていくのが分かる。怖かったのは最初だけで、愛液のおかげか気持ちよさが次第に勝る。

レイノルドの陰茎を必死にしゃぶりながら、自分のオメガとしての性器を指で愛撫され

る姿は、きっとアルファとしての矜持で生きていた光弥だったら、卒倒したに違いない。いけない、浅ましいと思うほど、得がたい快楽があった。

「ん、んぅ……」

口も、後ろも、レイノルドで、伊久馬でいっぱいにされていく。

見上げると、レイノルドが笑っていた。興奮気味に、そして何かを懐かしむようなまなざしで。

指が水音を立てて激しく出入りする。同時にカミルの舌と上顎も、レイノルドの亀頭が擦っていく。出し入れだけだったレイノルドの指が、今度は振り子のように動く。腹側のとある部分をくにくにと押さえられると、そこに何かの発動装置でもあったのか全身に痺れるような快楽が走った。

「あああ、ああっ」

陰茎を擦っていないのに、もうすでに一度吐精しているのに、何の前兆もなく前から白い蜜がぱたぱたと落ちる。口がレイノルドの陰茎から離れ、思わず身体をよじった。そうでもしないと快楽の逃げ場がない気がして。

自分の股の間を見ると太ももの皮膚まで赤く染まり、絶頂の余韻で膝が震えていた。

「あ、俺……シーツ汚して――」

「シーツの心配はいいんだ、気持ちよかった?」

カミルは何度もうなずいてみせる。息を整えて、レイノルドの硬い男根に再び触れるが、なぜか阻まれた。

「……何で？　だってまだ出してない」

「うん……でもカミルが苦しそうだから」

「俺はそれが仕事なんだよ……ちょっとえずいただけだし」

本当は口の中を筋張った男根に擦られて感じていた、などとは簡単には口にできない。

「俺だって、レイノルドが感じてる顔……見たい……」

レイノルドがのしっと、体重をかけてくる。

「やっぱりキスしたい」

何がトリガーになったのか興奮気味に顔を近づけてくるので、カミルは自分の口を慌てて手で塞いだ。

「だめだって言われたんだよ、俺が怒られるの！」

執事長に決まり事をきつく言い渡されたことを告げる。レイノルドは面白くなさそうにため息をつくが、その態度とは裏腹に彼の陰茎は猛ったまま。

カミルの心臓がトクトクと速く鳴る。キス以外は何をしてもいい。つまり彼のものが最終的には自分の中に挿入されるのだ。

（は、入るのかな、こんなに大きなものが……）

思いきって尋ねてみる。

「もう……挿れる？」

なんて直接的だと思ったが、誘い文句など知らないのでそう尋ねるしかないのだ。

気持ちいいことの連続で頭から飛んでいたが、カミルの仕事は夜伽だけではなく、レイノルドをアルファとして発情させることなのだ。自分との行為で、少しでも彼の本能を刺激しなければならない。

「……いや、カミルがもう少し慣れてからさせて。今は……ここで……」

レイノルドはうつ伏せにしたカミルの脚を閉じると、その間に自分の剛直を滑り込ませた。先ほどから垂れている愛液で滑りがよく、ごつごつとした熱の塊が、カミルの股間を擦りながら前後した。

「あっ……、ああ、そんな……」

カミルは自分が夜伽係として未熟であると言われているようで、抗議した。

「何で……挿れないんだよ……っ……元オメガなんだから知ってるだろ？　耐えられるようにできてるんだから、あっ、あっ」

レイノルドの男根が、カミルの蟻の門渡りを擦り上げ、陰嚢を押し上げる。ぬちゅ、ぬちゅ、という音が部屋に響く。同時にカミルの陰茎も再び握られ、一緒に扱かれた。

「ひ、ひあああっ」

レイノルドがカミルの首輪に舌を這わせ、ピストンを続けながら耳元でささやく。

「ああ……すごい、気持ちがいいよ……」

いったい何がどうなって自分が喘がされているのか気になって、カミルは自分の股に手をやる。すると太ももの間からレイノルドの亀頭が飛び出て、指先に触れた。

「ああ……」

それが気持ちよかったのかレイノルドも声を漏らす。

自分の脚の間から生えてくるレイノルドの亀頭を、手の平で包むように受け止めると、びくんと彼の陰茎が跳ねた気がした。

「すごい、レイノルド……あっ、熱い」

「うん、カミルのここも、すごく濡れてて興奮する……」

確かに、さらに愛液が溢れて、太ももの間でレイノルドの陰茎が扱かれる音がじゅ、じゅ、というぬめりを帯びたものに変わっている。

「俺も……っ、こすれて、あ、あ」

カミルが再び吐精したのと同時に、カミルの太ももにレイノルドの子種も放たれる。

「ああ……カミル、すまない、こんなに……きれいな脚を汚してしまって……」

カミルは振り返って、レイノルドの頬に触れた。

「汚くなんかないよ、俺、頑張れるから……いっぱい使って……」

だ。

レイノルドは突然ぶすっとして「使うなんて」と抗議するが、それが夜伽係の仕事なのだ。


目を覚ました瞬間、カミルは飛び起きた。

「失敗した！」

夜伽係は務めが終わると、早々に部屋から出ていかなければならないのだ。

（レイノルドが何回もいかせるから……！）

挿入はしないものの、手や口、太ももの間を使った疑似的なセックスで何度も絶頂させられ、気絶するように眠ってしまったのだ。

汗と愛液と精液でべたべただった身体は、いつの間にかきれいに清拭されていた。そんなカミルを、レイノルドががっちりと抱き込んで眠っているのだ。

「レイノルド、放してくれ。俺、部屋に戻らなきゃ」

レイノルドは起きているのか起きていないのか分からないが、カミルをさらに強い力でホールドする。

「まだ仕事がある」

「仕事……？」

ぐっと臀部に押しつけられたのは、昨夜と同じような硬度の男根だった。お互い一糸まとわぬ姿なので、その熱を肌で感じてしまう。

「まさか、だって朝だぞ……！」

「確かに〝夜伽〟じゃないな」

くすくすとおかしそうに笑うが、カミルはそれどころではない。王族ともなると間違いなく誰かが起こしにくるだろうから。

「だ、だめだって」

「カミルは『だめ』が多すぎる」

昨日交わったせいか、レイノルドは少し強引になっていた。背後から、先端が再びカミルの太ももの狭間に差し込まれる。きれいにされた身体なので、昨夜のようにぬるぬると滑らない。しかし、そのもどかしさが、朝にいやらしいことをする後ろめたさと相まって、不思議な気分にさせる。

背後から回されたレイノルドの指が、カミルの胸をまさぐる。

「ちょっと、レイノルド……っ」

「これはずっと自分が見続けた夢ではないと教えてくれ」

耳を甘く食まれると、昨夜の快感を思い出し、身体から力が抜けてしまった。

「もう、レイノルド……」

密着する肌、耳にかかる吐息、甘えるような低い声。

こんなにも甘くて優しい朝がやってくるなんて思ってもみなかった。これまでに自分は、何度悪夢にうなされて汗だくの朝を迎えてきただろうか。腹の底からくすくすとこみ上げる、笑いにも似た幸福感がカミルを満たす。

レイノルドの指の腹が胸の飾りに触れたところで、控えめなノック音が聞こえた。

「おはようございます、入室してよろしいでしょうか」

侍従の声に、カミルがびくっと身体をこわばらせ、レイノルドをぐいぐいと突き放した。突き放されたほうは面白そうに、またカミルを抱き寄せる。扉の向こうにいる侍従に、こう言い放った。

「入るな、今日は休む」

侍従は「お休み……ですか」と困惑した声を上げている。なぜかカミルが狼狽えてしまい、それをレイノルドがくすくすと笑っている。

「もう！　いいかげんにしろ！」

からかわれたカミルは、レイノルドを突き飛ばし、ガウンを羽織って扉に向かった。

両開きの扉を開くと、昨日カミルをダイニングまで案内した嫌みな侍従が立っていた。まだいたのか、という差別的な視線がちくりと刺さる。

カミルはつとめて平静に「殿下は起きるそうです」と告げる。

振り返ると、突き飛ばされたレイノルドがベッドから転げ落ちているところだった。

「で、殿下？」

侍従が駆け寄って助け起こそうとする。

「はは、いい朝だ」

侍従の手を断り立ち上がったレイノルドは、侍従にガウンを着せられながらカミルを朝食に誘った。侍従の手前、王子然としてくれたのでカミルは少しほっとしつつ、丁重にお断りした。

「大変光栄ですが、これでお暇いたします」

ゆっくり挨拶をして部屋を出ようとすると、背後から声をかけられる。

「ではまた今夜」

聞き間違いかと振り向くが、レイノルドがにこにこと手を振るので本当にそのつもりらしい。奥で侍従が目を丸くしているので、何か不思議なことが起きているのだろう。

扉が閉まる間際、部屋から侍従が「今朝はおかげんがよさそうで何よりです」という声が聞こえたので、レイノルドは朝の調子が悪いほうなのだろう。

「ああ、悪夢を見なかったからな。最高の気分だ」

悪夢、と聞いて振り返ろうとしたところで、レイノルドの私室の扉が閉まった。

カミルは部屋に戻るなり、数人の下級使用人に囲まれた。中でも最初に仲よくなった洗濯メイド・ヘルマが涙目になって詰め寄る。

「おかえり！　戻らないから心配したのよ。あなた愛想がないから、殿下のご不興を買ったんじゃないかって」

使用人棟の三、四階の住人――上流階級の使用人たちと違って、下級使用人たちはとてもフレンドリーだった。

「ありがとう、愛想のなさは顔のよさでなんとかするよ」

「まあ、すごい自信！」

どっと笑って、彼女たちは持ち場に戻る。

執事長の部屋に呼び出されてお咎めを受けたのは、朝食後まもなくのことだった。

「なぜ朝まで殿下の部屋にとどまった、立場をわきまえなさい」

部屋の端に、今朝レイノルドを起こしにきた侍従が咳(せき)払いをして立っていた。彼が言いつけたのだろう。

ただ、カミルも彼の立場ならそうする。あくまで王族の〝夜の相手〟に徹しなければならない夜伽係が、まるで寵妃のように朝まで王子のベッドで眠りこけていたのだから。

「すみません、疲れて寝てしまって……」

「殿下をよそに眠ってしまっただと？」

気絶するまでいやらしく追いやられたせいだ、と言いたかったが、主人の閨の様子を口外するのは夜伽係のタブー。時代によっては処刑されてしまうほどだ。だから身分のしっかりした、口の堅い者がこれまでは任命されてきたのだが。

しばらく小言を頂戴すると、執事長がレイノルドの侍従を退室させた。彼には聞かれたくない話があるらしい。

「発情の兆しはどうだ」

あらたまって聞かれると少しの嫌悪感が湧き上がる。家族でもない人間に自分の発情の有無を確認されるなんて、たとえ王族でもたまらないだろう。

「いえ、まだ」

「薬はどれを?」

最初に渡された発情誘発剤などの経口薬のことだ。食事に誘われてそのまま私室に移動したため昨夜は使っていないと報告すると、再び咎められる。先ほどよりも激しく怒っていた。

「今日から必ず薬を使いなさい、二つまで併用していいと言っただろう」

執事長は焦っているようにも見えた。

「もちろんそうするつもりですが……そのようにおっしゃるということは、いつまでに発情させるべき、というリミットがあるんでしょうか」

そう尋ねるのは自然な流れだと思っていたが、なぜか「君の知るところではない」とさらに叱責されてしまった。

その日は、洗濯メイドのヘルマたちを手伝った。「あなたも体力仕事なんだから寝てたほうがいい」と休息を取るよう勧められたが、日が高いのに寝るなんて夜行性の生き物になってしまうような気がして嫌だったのだ。実家の宿屋でも、夜の食堂での給仕が遅くに終わって、数時間後には朝食の給仕をしていたのだから、それほどきつくない。

かしこまったジャケットやスラックスを着ているより、今のようなチュニックとラフなパンツ姿のほうが実家にいるような気分で楽だった。

「大丈夫だよ、本当にきついときは寝るから。実家が貧乏だから、身体を動かしていないと損した気分になるんだ」

そう返事をして洗濯桶にシーツを運ぶ。ヘルマたちは楽しそうに「変な子ぉ」と笑っていた。

洗濯は基本、人の手で行われる。繊細な衣服はその道一筋の職人が仕上げるが、寝具などの大きな洗濯物は洗濯メイドが桶に石けん水を張って、足踏みで洗う。

「ありがとう、ここまでで大丈夫だよ」

女性たちがワンピースの裾を膝上あたりできゅっと絞る。カミルも自分のパンツの裾を膝上までたくし上げた。

ヘルマが慌てて手を横に振る。

「いいよいいよ、たくさんあるから大変よ」

「なおさら人手があったほうがいいじゃないか、それに俺に踏まれたら洗濯物も喜ぶ」

その場にいた洗濯メイドたちがどっと笑った。「確かに」「美青年に踏まれたら洗濯物もきれいになるかもね」などと喜んでいた。

柔らかな日差しの下で、洗濯物を踏みながら女性たちのおしゃべりに花が咲く。カミルも時折話題を振られるので応じるが、聞いているほうが楽しかった。

「あのね、今度の花祭りでね……」

「庭師のラルフは恋人いるかしら」

「うちの夫がまた酒場でけんかをして」

さすが王宮、洗濯石けんも一流で花の香りがする。その桶で足踏みすると香りが立ち上ってきて、気分がよくなった。

前世の光弥だったころは、洗濯など一度もしたことがなかった。家のことは全てお手伝いさんがしていたし、自分が下働きをするなど想像もつかなかった。

貧乏宿屋の三男カミルとして生まれてみると、それが当たり前の日々。記憶を取り戻したときはその生活のギャップに驚き「この俺が洗濯など！」と憤ったこともあったが、身体にはその生活が染みついていて、憤りながらも完璧に洗濯をこなしていたのだった。

「ねえねえ、カミルはどう思う？」

ヘルマに振られて我に返る。何の話題だったか、と尋ねると彼女が鼻息を荒くして答えた。

「この王宮で、誰が一番かっこいいかって話」

自分への称賛が始まるか、と思ったがどうやら違うようだ。

「えっと、まずマリアンさまでしょ、かなり前に陛下も一度だけお見かけしたけど本当に素敵だったわ。あと騎士団の副団長さまもとっても凛々しいでしょ……でも何よりレイノルド殿下よねえ！」

イケメンの話に花が咲く、というのはどの世界でも同じ。

レイノルド、という名前を聞いただけでカミルは少しそわそわしてしまう。

（昨夜が……気持ちよすぎたのがいけないんだ……）

初めて他人と高め合ったあの快楽は、麻薬のようだと思った。知らなければ知らないまま生きていけるのに、一度知ってしまうと、またしたくなる。発情期であれば、昨夜のことを脳内で反すうするだけでも絶頂できそうだ。

「カミルは？　誰が一番かっこいいと思う？」

そう問われて、考える間もなく口が勝手に答えた。

「俺だよ」

即答すると、女性たちがきゃっきゃと喜んで同意してくれた。

「殿下や陛下は普段見られないだろう？　近くにいたらひれ伏さなければならないし。俺なら洗濯物を踏みながら見放題だぞ？　心が荒んだら俺の顔を見ていいぞ、効くから」

半ば本気でそう告げると、さらに話題に花が咲いた。

「なんて品のない会話」

通りがかりでそれを非難したのは、上級使用人の侍女たちだった。三人でこちらを見て、くすくすと笑っている。そのうち二人は、使用人棟で初対面の侍従から足をかけられたときに、一緒に笑っていた侍女だった。

「夜伽係は本来高貴な方のお仕事だったのにねえ……石けんまみれになって洗濯までするなんて」

「下働きのメイドたちにはうまく取り入ってるじゃない、私たちの〝階〟から追い出されて結果的によかったんじゃない」

使用人棟で上級使用人が使う三、四階に住めることが、彼女たちには特権のようだった。実際に我が子を王宮の上級使用人にすることでコネクションを増やそうとする貴族が多いのだとか。同じ使用人ではあるが、身分の違う彼らを前に、下級使用人の洗濯メイドたちは黙り込むしかなかった。それでも洗濯物を踏む足は休まないあたり、さすがである。

カミルは満面の笑みで侍女たちに手を振った。

「一緒に踏むか？　気持ちがいいぞ」

侍女の一人がカッと顔を赤くした。

「失礼な、わたくしたちは洗濯など――」

「俺の顔を側で見ながら洗濯できるチャンスなんて、もう二度と来ないかもしれないぞ？ いいのか？」

何が、いいのか、なのか分からないという顔をしている侍女たち。これほど答えに窮する質問もない。カミルはたたみかけた。

「うらやましいから聞こえるように嫌みを言ったんだろう？ でも俺に惚れるとつらいぞ、殿下の夜伽係なんだから。惚れた相手が王子に抱かれる夜を、泣かずに過ごせる？」

「ほ、惚れてません！」

「じゃあどうして構う。俺は毎回そのように受け取るぞ」

侍女たちが「なにあの自信」「変だわ、あの人」などと狼狽えて去っていく。見えなくなると、洗濯メイドたちが止めていた呼吸を再開するように、わっと騒いだ。

「わあ、すごいカミル！」

「私たち身分が違いすぎるから言われっぱなしで悔しかったのよ」

聞けば、普段から上級使用人たちから嫌みを言われたり、洗濯物を無駄に汚されたりしてきたのだという。

カミルは洗濯桶に水を注ぎながら謝罪した。

「すまない、俺の顔がいいせいでさらに嫌な思いをさせてしまって」

「本気で言えるの、かっこいいわねえ」

ヘルマたちが感心してうなずく。

「楽しそうだな、カミル」

低い声に振り返ると、正装したレイノルドが二人の侍従を連れて微笑んでいた。

「で、殿下！」

洗濯メイドたちが一斉に洗濯桶から出て、慌ててその場——と言っても芝生だが——に膝をついた。ここは洗濯場として使われている一角なので、第一王子が足を踏み入れるような場所ではないはずなのに、なぜ——。

カミルも芝生に膝をつく。ヘルマたちは顔を真っ青にして震えていた。

誰がかっこいい、などと楽しそうに話せていたのは遠い存在だからだ。下級使用人は原則、許可なく王族に口をきいてはならないのだ。

カミルも当然そのルールに従う。夜伽係のため仕事の際は必要になるが、それ以外では許可をもらえない限り口を開くことはできない。

「体調はどうだ、きつくはないか？　……カミル？」

名を呼ばれて顔を上げると、ピンときたようで「みな発言を許す」と微笑んだ。カミルは立ち上がって礼を言った。おそらく自分を気遣って様子を見にきてくれたのだろう。

「お気遣いありがとうございます、殿下はいつからこちらに？　ここは下働きの作業場ですので、いらっしゃるのはあまりお勧めできない場所かと思いますが……」

「『俺の顔がいいばかりに……』あたりだ」

レイノルドがこちらに手を伸ばしてくる。何事かと身構えると、髪についた葉を取ってくれたのだった。

「無理はしないでくれ、また今夜」

レイノルドはなぜかその葉を手にしたまま、きびすを返す。洗濯メイドたちがぽーっとした表情で見送っていると、彼は振り向いてメイドたちにこう言った。

「私も、王宮で一番かっこいいのはカミルだと思うな」

メイドたちが顔を見合わせ、顔を真っ赤にする。

誰が一番かっこいいかという少女のような話題から聞かれていたのだ。ということは、あの侍女たちの嫌みやその仕返しの様子なども見られていたということだ。

メイドたちはそんなことをよそに、レイノルドに声をかけてもらったことに舞い上がっていた。

「やっぱりレイノルド殿下が一番素敵だわ」

そんなことを言い出す彼女たちに、カミルは懇々と自分の魅力を言い聞かせたのだった。

カミルの部屋に、レイノルドの侍従がやってきたのは夕方のことだった。

「今宵、殿下がお呼びになる。準備をしておくように」

小声で応答すると、風呂の準備をした。

使用人棟の一、二階には共同風呂しかないが、ヘルマが「夜伽係には絶対に必要だ」と上にかけ合って、隣の水場をカミル用の風呂に急きょ改装してくれたのだ。おかげできれいに磨き上げて、レイノルドの私室に向かえる。

夜伽係としての服は胸元の紐を解くと簡単に脱がせることのできる、シルクのガウンだった。レイノルドのもとへ移動する際はその上から上着を羽織るように言われている。

番防止の首輪を着けたカミルは執事長に渡された薬の箱を開く。

(催淫剤、発情誘発剤、精力増強剤……)

並んだ小瓶には、麻紐で名称と用法用量が記された札がくくりつけられていた。

中でも避妊薬には赤い紙が下がっていて「必ず飲む」と書かれていた。

カミルは避妊薬を飲んだ後、少し迷って催淫剤の瓶を取り出した。これは直前に飲まなければならないので準備だけ。そうして、執事長に言われた夜伽係の心得を復唱した。

主を拒まないこと。口づけはしてはいけないこと。行為が終わったら速やかに退室すること。閨に入るときは首輪をし、何があっても外してはならないこと。避妊薬を飲み続けること――。

ドアがノックされたのでカミルは、ぐっと小瓶の液体を札の指示通りさじ一杯分飲んで部屋を出た。シルクのガウンに上着を羽織って。

ドアの前に立っていた侍従は、先ほど言づてをしてくれた青年だった。昨日、食事に迎えにきた侍従とは違う人物だった。

「昨日の侍従は？」

カミルが尋ねると「配置換えになった」とだけ返事があった。その侍従は廊下をきょろきょろと見回して、小声で懇願してきた。

「頼む、あまり親しげに話しかけないでくれ。僕はまだここで働きたいんだ……」

どういうことだろう、と首をかしげているうちに第一王子の私室に到着した。

入室したが、そこにレイノルドの姿はなかった。ソファにかけて待つように指示される。「王子の許可なくベッドに上がるな」という意味だろう。

侍従が下がってまもなく、カミルの体温がじわじわと上がってきた。手の平を見るといつもより赤く染まっている。先ほど飲んだ催淫剤が効いてきたのだろう。体温が上がる程度なら、さほど意味はないのかもしれない、とカミルは少しがっかりした。

レイノルドが隣室から入ってきた。髪が濡れているので洗ったのだろう。水や湯が貴重なこの世界で、髪を洗うのは貴族で二週に一度、と言われている。王族ならもう少し頻繁だろうが、それでも特別な日の前日くらいだ。

「ワインでも飲むか、カミル」

「遠慮します、殿下」

カミルは辞退して、執事長に言われた夜伽係の心得を思い出していた。

行為が終われば速やかに退室しなければならないため、あまり酔わないほうがいい。

「じゃあ、こちらに来て顔を見せてくれ」

天蓋つきの豪奢なベッドに腰かけたレイノルドは、カミルに手を伸ばす。

そろりと彼に近づいて、その手を取ると、急に引っ張られて彼の膝の上に座る体勢となった。

「殿下……！」

「今さらなぜ照れるんだ、カミル」

ガウン越しに、熱くて硬いものが臀部に当たる。

「石けんの匂いだ、昼間の洗濯のせい？」

「いえ……湯浴みしましたので……」

そう答えているうちに、唇を指でむにっと押さえられた。寂しそうに笑って、甘く咎められる。

「もう二人きりだから」

よそよそしくするな、という意味だ。

「レイノルド……」

顔を近づけてくるので、カミルは再び彼からのキスをガードした。面白くなさそうに口を尖らせるレイノルドは「バレないよ」と片目を閉じる。

「バレなければいいわけじゃない」

雰囲気を壊したくないので「お前には本来口づけをする相手がいるじゃないか」とは言わなかった。むしろ、言って複雑な気分になるのは自分だ。

ぎゅっと目を閉じて自分に言い聞かせる。

（カミル、お前は夜伽係だ。勘違いしてはいけない。レイノルドは、伊久馬は、正当な婚約者と番（つが）って幸せになるべき人だ）

カミルは、昼間のレイノルドの行動についても言及した。

「あと昼間、俺に会いにきてはだめだよ、レイノルド」

なぜだめなのだ、とレイノルドが不思議そうに首をかしげてみせる。

「夜伽係に必要以上に構わないでくれ。よく思わない人間がたくさんいるんだから」

朝まで部屋にとどまらせるのもやめてほしい、と頼んだ。特別扱いをしないように言い含めるほどレイノルドの顔から覇気が消えていく。

「特別だから、特別扱いするのに」

「気持ちはありがたい、俺だって特別だよ。でも前世からのつながりなんて周りに説明できないだろう?」

「説明する必要ないじゃないか」

「権力のあるレイノルドはそうかもしれないけど、俺はあるんだよ。今日見ただろう、上級使用人たちだって俺が気に入らない」

それは大丈夫、とレイノルドが深くうなずいた。

「彼女たちは今日で王宮を去った。ああ、それとカミルがマナーを相談したとかいう私の侍従も」

「クビにしたのか?」

先ほど別の侍従が、あまり話しかけないでほしいと怯えていたのはこのせいだったのか。

「侍女たちには同僚いじめをするほど疲れているのだろうから実家でゆっくりして、と伝えただけだ。侍従はカミルを侮蔑のまなざしで見たので失格だ」

無邪気に笑っているがレイノルドは分かってやっている。

「嫌みなんてかわいいもんだよ。かわいそうじゃないか、そんな簡単に――」

ドクッ、と大きく心臓が動いた。

「え? あれ?」

自分の胸元を見ても、特に異変はない。が、ドクドクと脈が速くなり、肌が急に粟立つ。

レイノルドと接触している部分がぴりぴりと甘く痺れる感覚になる。

「カミル？　顔が赤いが大丈夫？」

レイノルドも異変に気づいたのか、カミルの額に手を当てて発熱を疑う。しかしカミルは原因が風邪ではないことを知っていた。王子の私室に案内される前に飲んだ薬のせいだ。避妊薬と――そして催淫剤。

（こんなに急に効果が出るのか）

まさか、と思って下腹部を見ると、想像通りすでに股間がシルクのガウンを押し上げていた。慌てて手で隠そうとするが、その手をレイノルドに阻まれる。

レイノルドはカミルの手を自分の口元へ運び、指先に何度もキスをした。

「こんなに……昨夜、気持ちよかったから？」

期待して股間を膨らませていると誤解したレイノルドが、嬉しそうに指先を食む。薬を飲んだとは言えず、しかし肯定するのは悔しくて、カミルは押し黙った。

（いや、正直信じられないほど気持ちがよかったんだけど……）

昨夜を思い出すと、陰茎がぴくんと跳ねた。

「お、俺は淫乱だ……」

恥ずかしくて顔を隠したが、ふと思う。

「ん？　夜伽係なら淫乱のほうが適任か？」

指の間からレイノルドを見ると、面白そうに腹を抱えて笑っていた。なんとムードのない閨だろうか。

カミルは、その笑い方に高校時代の伊久馬を思い出していた。笑い声を押さえようとして余計に笑いたくなって、腹が痛むのだと伊久馬は言っていた。

そんな彼に仕返ししたくて、ベッドにえいと押し倒す。

そうして自分の臀部を彼の股間にぐいと乗せる。硬くて熱いものが、カミルの尻肉を押し上げた。

「余裕ぶって笑ってるけど、レイノルドだってこうなってるの分かってるんだぞ」

「……ごめん、余裕なんて全くないんだ。光弥は相変わらずだなと嬉しくなっただけ」

カミルは自分のガウンを肩から落とした。

「今夜こそ発情してもらうぞ、それが俺の仕事だからな」

レイノルドがあらわになったカミルの上半身を、大きな手で撫でていく。

「ああ。この〝呪い〟が解けるのは、きっと君だけだ……でも」

でも、何だ、と首をかしげた。

「私が発情すると、カミルの仕事が終わってしまうじゃないか」

それでいいんだよ、と言い返す前に、カミルは薬が回って興奮しきってしまった。

後ろから内ももに、ツ……と愛液が流れるのが分かる。カミルが発情していないにしても、オメガの興奮はフェロモンとなってアルファに伝染するものだ。しかし、レイノルドは頬を染めているだけで、やはりアルファの香りはしなかった。

（これくらいでは発情しないということか）

カミルはレイノルドのガウンをはだけさせ、そそり立つ陰茎を直に触る。凶暴な見た目とは裏腹に、ささやかな愛撫だけでぴくんと揺れる素直な屹立の上に、カミルは尻をゆっくりと落とした。

「カミル？　いや無理だろう」

解してもいないのに入るわけがない、と言いたいのだろう。

「大丈夫、今夜はちゃんと準備してきたから」

アルファの身体だったころの自分だったら想像もつかないことだった。自分の後ろを指で解すなんて。それでもオメガの分泌液のおかげで、さほど時間をかけずに指で慣らせた。

カミルは右手をレイノルドの肩に置き、天井を向いた彼の雄に腰を落としていく。先端が蕾に触れ、ぐっと体重をかけると、めり、という音がした気がした。

「……っく」

やはり大きいので圧迫感が強烈だ。

「だめだ、カミル。無理しなくていい」

カミルの腰に手を回して止めようとするレイノルドだが、視線は自身とカミルの接合部から動かない。目元を真っ赤にして、脳にその光景を焼きつけようとしているのだろうか。

身体を震わせながらもう少し腰を落とすと、先端がぬぐ、と侵入してきた。

「ああ……カミル……」

気持ちがいいのか、それともきついのか、レイノルドがぎゅっと眉根を寄せた。

苦しいのに、欲しい——。

催淫剤は身体だけでなく、思考もトランス状態にするようで、頭の中で同じ欲求がぐるぐると回り、視界がどんどん狭まっていく。

周りのことは何も分からなくなって、ただ目の前の雄を受け入れたい、喜ばせたいという気持ちだけが先走る。想像以上の圧迫感に身体がびくびくと震えた。

「レイノルド、きつい？」

顔を赤くしたレイノルドが、カミルの問いに首を横に振る。

「じゃあ、気持ちいい？」

首を縦に何度も振った。カミルは嬉しくなって、結合部を指で触れて確認する。

「こんなに苦しいってことは……もう全部入った……かな？」

「いや……まだ先端、だな」

レイノルドの回答の通り、触れてみた結合部分はまだ亀頭しか埋まっていなかった。

カミルは正座をした状態でベッドに伏していた。

「俺は失格だ、レイノルドの息子を舐めていた」

もっとやすやすと受け入れて、レイノルドをあんあん喘がせるつもりでいたのに。結局先端しか受け入れきれず、その後は手や口で慰め合って果ててしまった。催淫剤の効果は、カミルにだけしっかりと効いて、それはたくさんいかされた。もちろん、レイノルドも一緒に達したが、アルファのフェロモンは今夜も全く香ってこなかった。

「気にしなくていい、何度も言うが夜伽なんて口実だ。触れられるのは嬉しいけれど」

レイノルドが背中をさすってくれるが、カミルはぶんぶんと首を横に振った。

「俺は給料ぶんきっちり仕事がしたいんだ、レイノルドだって発情しないと色々困るんだろう、これから」

別に困らない、と飄々(ひょうひょう)としているが、強がりだろうとカミルは思う。

「だって発情しないとレイノルドは婚約――」

言いかけたところで、扉がノックされる。

侍従が飲み物を持ってきたのだ。尻丸出しで落ち込んでいたカミルは慌ててガウンを羽織る。

呼んでいないぞ、と眉をひそめたレイノルドだがグラスの下に紙切れが敷かれていた。

手紙だったようで、それを一読するとレイノルドは燭台の炎でそれを燃やし、侍従を下がらせた。

レイノルドはカミルの横に腰かけて、振り返らずにこう告げた。

「……カミルすまない。私は浮かれて周りが見えていなかった。今後、閨以外でカミルに冷たくなるが怒らないでくれ。本心ではないから」

「うん、それがいいと俺も思うんだけど……突然どうした？」

手紙は、諜報員からだった。宰相がカミルの身辺を調べ始めた、というのだ。

「俺を調べたって、顔がいいことと実家の宿屋の客層がよくないことくらいしか出てこないぞ」

それでも調べるということは、宰相がカミルを息子マリアンの邪魔になる可能性を考え始めた証左なのでは、とレイノルドは推察する。

カミルはふと、執事長から、寵愛を受けたら死ぬぞと忠告されたことを思い出す。どうやらかなり、そのリスクが現実味を帯びてきたらしい。

それでも宰相は自分にすぐ手を出せないはずだ。レイノルドと彼の息子のマリアンが番うためには、レイノルドがオメガに対して発情しなければならないからだ。彼が閨入りを許しているカミルが頼りなのだから。むしろ婚約などできない平民だからこそ、好都合だと採用に積極的だったのかもしれない。

「さて……どうしたものか」

そう呟くレイノルドの表情は、血が通っていないかのような無表情だった。

＊＊＊＊＊

【二〇二五年十月四日】


今日の霊能者もだめだった。光弥の降霊はできないと告げられた。

そもそもまがいものの霊能者は、光弥の霊を呼んだふりをして、平気な顔で対価を受け取る。しかし、本物らしき霊能者たちは口を揃えて言うのだ。「新しい人生を歩んでいる者は呼び出せない」と。どこかに光弥は生まれ変わっていると——。

その生まれ変わった先が見える者は、これまでいなかった。どうしたらいい、どうやったら光弥に会えるのか。

事業は軌道に乗っているが、まだ安心できない。

自分が指揮を執らずとも会社が回るようにしなければ、光弥を捜すための時間と金は捻出できない。もどかしいが、目的達成に向けて、地道に物事を進めるのは得意だ。

高校時代、僕と成績を競っていた光弥が、自分と僕のことをおとぎ話の「うさぎとかめ」に例えたことがあった。そのころから僕は思っていた。かめはきっと、勝ち目のない競争をしたかったわけじゃない、と。うさぎの視界に入り、うさぎに認められたかっただけなのだ。

かめは執念深い生き物なのだ。

どうやったら光弥に会えるか、考えろ。必ず見つけてみせる。

【3】

〽夜の蝶は月夜に飛ばせ
〽陽に晒せば羽は焼け落ちる
〽短き命よ夜にこそ輝け

レイノルド第一王子の婚約者マリアンは、ティーカップを手に歌を口ずさむ。日差しを浴びた彼の赤毛の編み込みは、炎を思わせる輝きを放つ。

王宮の第二庭園にある東屋に呼ばれたカミルは、なぜかマリアンとテーブルを挟んで向き合っていた。着席を促されたが、マリアンは機嫌よく歌うばかりだった。

「マリアンさま、ご用件をうかがってもよろしいでしょうか」

「やあ、ごめんごめん。つい日差しが気持ちよくて」

マリアンは謝罪してカミルに茶のおかわりを勧め、本題に入った。

「レイノルド殿下が、君を二日連続で呼んだそうだね」

カミルは表情を崩さないように気をつけながら「ええ」とだけ答える。侍従が迎えにくるのだから、誰だって知り得る情報だ。

やはり面白くないから自分を呼んだのだろうか、とマリアンをちらりと見る。だったら開口一番そう言えばいいのに、なぜか時間をかけてもったいぶる。

「いい傾向だね、大変なお仕事だろうけど頑張ってね」

そう言ってマリアンは満足そうに茶をすすった。ゆっくりとカップを置いて、一息つくと「ほんとはね」と続けた。

「僕自身にその役をさせてほしいと父に言ったんだ」

婚約者の発情を促すのは当然のことではないか、と宰相のトラウゴットにすがったという。心情としては、カミルも分からないでもなかった。

「でも叱られたよ。そんな淫売の真似事、未来の国母がするべきではないってね」

淫売の真似事、がことさら強調して聞こえるのは、カミルが卑屈だからではないだろう。あえてマリアンが言い聞かせているのだ。

その役割を果たしてくれているカミルに感謝しているのだ、とマリアンはとつとつと語った。

「レイノルドさまに無体なことをされたら教えてね、僕がレイノルドさまにきつく言ってあげるから。いくら平民相手でもやっていいことと悪いことがあるからね」

焼き菓子のおかわりをテーブルに出した侍女が、くす、と笑った。

「何だい、テレサ」

マリアンが発言を許すと、テレサと呼ばれた侍女が無邪気に笑った。

「マリアンさまは心配性ですわ、カミルさまは平民たちが出入りする宿屋のご出身ですよ？　王族の夜伽係よりも大変なお務めだってこなされていたわけですから……」

「ああ、そうか。殿下一人を相手にするくらい、何てことないかもしれないね」

ぱちんと手を叩いて、マリアンが納得した。

宿屋でたくさんの相手をしてきたかのように決めつけられ、カミルのこめかみがぴくりと動いた。

確かに自分の子にそのような接待をさせる、または強要される宿屋は存在する。相手次第ではそれがきっかけで嫁ぎ先が決まることも希ではなかった。

カミルだって客に性的な接待を要求されることは、頻繁ではないにしても珍しくなかった。ありがたいことにカミルの両親は「客に愛想よくしろ」とは言っても、夜の相手だけはどれだけ金を積まれても固く拒み、しつこい客は追い出していた。

貧しいのだから、カミルの容姿を利用すればもっと客を呼び込めるはずなのに、お得意様をつまみ出してまでカミルを守ってきた両親に対しては感謝をしていた。

「では宿の人々に比べて殿下はお優しいほうかな？」

動じないカミルに苛立ったのか、下世話な話題を振って揺さぶろうとする。

こういうとき、光弥の二十五年生きた経験があってよかったと思う。計四十五年分の経験値が、自分がどう対応すべきかの最適解を教えてくれる。

のだ。

「マリアンさま、夜伽係は閨事の口外を禁じられています」

「いいじゃないか、僕は殿下の未来の正室だよ」

「相手がどなたでも、です」

カミルはもらった茶を飲み干して立ち上がった。

「ご安心ください、俺はただの夜伽係ですから」

ようやく理解できた。茶を飲みながら口ずさんでいた即興の歌も、彼なりの警告だった

〽夜の蝶は月夜に飛ばせ

〽陽に晒せば羽は焼け落ちる

〽短き命よ夜にこそ輝け

夜の蝶とは、夜伽係のカミル、太陽は王族を意味することが多いのでおそらくレイノルドのことだ。つまりは『閨に呼ばれるのは許すが、それ以上の関係になるのであれば何をするか分からない』ということか。

先日声をかけてくれたマリアンからは想像がつかない内容だった。マリアンはレイノルドと番になった後も夜伽係を続けていい、とさえ言っていたのだ。

「今日も洗濯を手伝う予定ですので、これで失礼します」

深々と頭を下げる。マリアンの侍女が「ああ、足踏みの」と蔑む。立場をわきまえてい

るそぶりに満足したのか、マリアンは美しい顔に満面の笑みを浮かべて見送ってくれた。

「色々言ってしまったけれど気を悪くしないでくれ、僕もレイノルドさまが心配で仕方がないんだ」

素直にうなずいて謝罪を返す。

「そうですね。すみません、俺の顔がいいばかりに」

マリアンが「えっ」と不思議な声を上げ、紅茶をこぼす。

「婚約者の夜伽係が俺くらい顔がいいと心配ですよね。それは意地悪を言いたくなっても仕方がありません」

全ては美しく生まれた自分の罪だ、とカミルはマリアンに告げた。美形に生まれていなければ、彼も下級使用人とお茶をしてまで釘を刺そうとは思わなかっただろうから。

「ただ両親は俺を大切に守り育ててくれたので、そこだけは誤解いただきたくないなと思っています」

マリアンの侍女テレサが言わなくていいことを叫ぶ。

「失礼な！　それではマリアンさまがあなたを脅威に感じて嫉妬して、意地悪をするためにお茶に呼んだかのように聞こえるではありませんか」

カッと顔を赤くしたマリアンが、侍女を突き飛ばした。

「黙れよ！」

「マリアン……さま……?」

侍女は、なぜ自分が突き飛ばされたのか、という顔で呆けている。

図星だったのだろう。言語化されて本音を突きつけられたマリアンは、拳を握って震えていた。しかし何という的確な言語化だろうか。

カミルは顔に疑問符を浮かべたテレサを抱き起こし、マリアンを見上げた。

「いけませんよ、俺のために争わないでください」

「争ってない!」

激高したマリアンは、一人でその場を去っていった。

侍女テレサのスカートについた芝を払ってやると礼を言われた。

「君、場の雰囲気を読めずに怒られるタイプだろ。下手すれば路頭に迷うから、何か言いたくなったら三つ数えてから口を開いたほうがいいと思うぞ」

テレサはくすくすと笑って「三つ数えますね」とうなずいた。先ほどの意地悪を言ったり、突き飛ばされてショックを受けたりしていた彼女の印象はそこにはない。

最後に髪についた芝を取ってやると、テレサがこちらを見上げて頬を染めた。

「変わったお方ですね」

「君もね」

テレサは「お早めに部屋に戻られませ」と一礼すると、テーブルもそのままにマリアンを追いかけていった。

第二庭園に取り残されたカミルは、彼女の言葉に首をかしげつつ、洗濯の手伝いを思い出して駆け足で使用人棟に向かったのだった。

使用人棟に戻ると、洗濯メイドたちが血相を変えてカミルを出迎えた。

「おかえり、待ってたのよ！　急いで」

ヘルマに連れていかれたのは、自分の部屋だった。

ベッドやカーテン、衣類が刃物か何かでズタズタに引き裂かれていた。

「部屋の鍵が壊されているのに気づいて、中を見たらこんなことに……」

ヘルマの説明に、カミルは先ほどの「早めに部屋に戻れ」との侍女テレサの言葉を理解した。マリアンが自分とのティータイムに時間をかけたのは、このためだったのだ。予想以上に露骨な嫌がらせだ。

「なんてひどいことをするんでしょうね、すぐに執事長に報告しましょう」

怒り心頭のヘルマに、カミルは口止めをした。

「これは胸の内にしまっておいて」

「どうして？　きっと上級使用人の嫌がらせよ。このまま放っておいたらエスカレートするかもしれないのよ」

「ヘルマ、いじめる人って相手が傷ついたり大騒ぎしたりするのを待ってるんだよ。その通りに動くのって癪じゃないか?」

マットレスはボロボロでも、シーツさえ替えられれば問題ない。カーテンだって使えないわけではない。貧乏宿育ちを舐めないでもらいたいものだ。

ヘルマから新しいシーツをもらって敷いたら、さほど気にならなくなった。クローゼットを開けると、自分の私服だけが切り裂かれていて、王宮から支給された制服や夜伽の際のシルクのガウンは無事だった。王子が用意した物は不敬になるので手を出さないのだろう。とても分かりやすい。

「服は今のがあるし、給金がもらえたらそのときに買うよ」

納得いかない顔をしているヘルマだが「まあカミルが言うなら」と胸の内にとどめてくれることになった。私服はヘルマら洗濯メイドの夫や兄弟たちのお下がりを手配してもらった。

「ぶかぶかだよ」

ヘルマの夫は鍛冶職人らしく、幅も袖も大きかったが、袖を捲ったりズボンをサスペンダーで吊ったりして何とか着られた。その姿で洗濯を手伝っていると、メイドたちにからかわれた。

「ぶかぶかの服を着ていると、やらしさがあるわね、カミルは」

「あはは、恋人の服を着てる感じよね」

カミルは少しすねて「まだ背も伸びるからちょうどよくなる」などと強がっては、さらにメイドたちに可愛がられたのだった。

その姿を、再びレイノルドに見られていたとは思いもよらなかったのだが……。


侍従に呼ばれて、カミルがレイノルドの私室に入ると。彼はソファで臣下と話し込んでいた。レイノルドは就寝の準備を終えていたので急な連絡が入ったようだ。表情も〝為政者の顔〟をしている。

出直します、と伝えて退室しようとすると、背後から声がかかる。

「カミル、待っていてくれ。さほど時間はかからないから」

「ですが、俺が聞いてはいけないのでは」

臣下の男性はあまりいい顔をしていないのだ。それでも「カミルは大丈夫」とレイノルドが譲らなかった。

ベッドサイドの腰かけで、カミルは二人のやり取りを聞く。隣国と始めようとしている交易の条件を修正していた。

「奴隷の輸出入の禁止、という条項がなぜ入れられない？」

「メテオーアは奴隷制度で国を栄えさせた歴史がありますので、文化を否定することになりませんか」

　メテオーアとは、このデアムント王国の隣国で、商いの上手な国だと言われている。かつて政略結婚で手を結ぼうとしたが破談となり、仲が悪くもないがよくもない、程度の関係だ——とカミルは宿屋での噂話で聞いている。

　臣下のまっとうな指摘に、レイノルドはひるまず語気を強めた。

「向こうの事情とこちらの事情は違う。奴隷制度のある国と交流が深まれば、我が国にも制度復活を望む輩がまだはびこっているんだから丸め込まれるぞ」

「デアムントが奴隷禁止であることは先方も分かっているはずですから条文にせずとも」

「はず、は通用しない。国の方針はそうでも、法の網目をくぐる策を考えつく輩が出ては意味がない。そういう思い込みや自分に都合のいい考えは全部潰せ」

　それができないなら、メテオーアとの交易は見送るとまでレイノルドが言い出した。

「先方と我が国との交易をつなごうとしている宰相が何とおっしゃるか」

「交易だけが国交じゃない。譲れないものはしっかり明示しないと足下を見られるぞ。向こうは商人の国だ、商機は逃さない。呆けているとデアムントの国民が奴隷として輸出される日が来るぞ」

　カミルは学校に行かせてもらっていないので、光弥の記憶がなければ二人の会話を理解できなかっただろう。臣下もそう思い、カミルがその場にいてもさほど気にしなかったのかもしれない。

(生まれ変わっても、時代を見通す目は持ったままなんだな)

伊久馬は、学生時代に興したベンチャーを一大企業に築き上げた。そしてレイノルドとして生まれ変わった今、国の舵取りでその力を発揮しているのだ。

アルファだとか、オメガだとか、そんなくだらないことにとらわれず、成し遂げる目標に向かって、寡黙にじりじりと努力する男なのだ。前世で出会った高校時代もそうだった。光弥が遊びに誘っても、伊久馬は「目標があるから」と断って図書館で勉強していた。「根詰めて勉強しないと成績上がらないなんて要領悪いな」などと皮肉を言ったこともあったが、成績で彼に追い越されたとき、脳裏には、おとぎ話の「うさぎとかめ」が浮かんだものだ。

そんな努力家の彼が、今度は王族でアルファという強固な立場を得たのだから、国民も臣下も期待しないわけがないのだ。

(伊久馬のことだって、本当は尊敬していたんだ。悔しくてうらやましかったぶん、伝えられなかっただけで)

レイノルドになっても、臣下との会話の端々から、国民第一主義の信念がにじむ。

第一王子がオメガの人身売買を禁じたり福祉政策の舵取りをしたりするようになってから、オメガが暮らしやすくなったという話は、大げさではないのかもしれない。かつて当事者だった彼だからこそ、できた政策なのだ。カミルは自分の手元を見つめて、ぼんやりとそんなことを考えていた。

待たせた、とレイノルドが近づいてきた。臣下はいつの間にか出ていったようだ。

「本当に俺がいて大丈夫だったのか」

そう問うと「もちろん」とレイノルドが肩をすくめた。

王子のうちから他国との交渉にまで関わるのかと感心していると、レイノルドが「実は」と頬を指でかいた。

「陛下はここ三年ほど病に伏しているんだ」

人前に出るのを必要最低限にして、あとはレイノルドが執政代行しているというのだ。福祉政策では第一王子の手腕を聞いていたが、実は政務全般において代行していた。

「そうだったのか……オメガの政策もそうだし、暮らしやすくなったとみんなが言ってたのは、レイノルドのおかげだったのか」

「そう言ってもらえると嬉しいけど」

ぷんぷん怒っているところを見せてしまった、とレイノルドは恥じた。

「いや、ぷんぷんとかいうレベルじゃなかったぞ。真剣に怒ってたよな」

「この国は平和ぼけがひどい。性善説で物事を考えるんだ」

国民性としては悪くないと思うカミルだが、レイノルドに言わせれば為政者はそれでは失格なのだ。

「騙されれば、国民の命に関わるから。意地悪くらいがちょうどいい」

意地悪と聞いて、失礼ながら、ふとレイノルドの婚約者マリアンの顔が浮かんだ。だから彼と婚約したのか、とカミルは納得した。簡単に騙されない王配としての器を買っているのかもしれない。

胸が針に刺されたように痛んだ。

（すがるな、この人は伊久馬じゃない。レイノルドにはレイノルドの人生があるんだ）

自分に言い聞かせ、ガウンの襟をたぐり寄せた。

レイノルドが手元の書類を机にしまう間に、カミルは彼の目を盗んで小瓶を飲み干した。執事長に渡された発情誘発剤だ。

この薬の存在をカミルは以前から知っていた。娼館のオメガが、割増料金を払った客相手に使う薬なのだ。自然の発情には及ばないと言われるが、薬で疑似発情したオメガとの交接は、アルファやベータにとってはかなり具合がいいらしい。

カミルは初めて飲むのでどんな作用なのか分からないが、昨日の催淫剤でも喜んでくれたのだから、発情誘発剤なら、レイノルドはそのフェロモンを浴びてアルファとしての本能を覚醒させてくれるかもしれない――。そんな期待を抱きつつ、空き瓶をベッドの下に隠した。

レイノルドが満面の笑みで隣に座ったので、カミルはガウンを脱ごうとした。しかし、手を重ねられ阻まれる。就寝前の私室にまで政務が持ち込まれるくらいなのだ、疲れてそんな気も起きなくなったのかもしれない。

「……今日はやめとく?」

そう尋ねたカミルは肩でも揉んでやろうか、と横になるよう促すが、レイノルドは「そうじゃない」と首を横に振った。明らかにしておきたいことがあるのだという。

「今日、誰の服を着ていた?」

顔は笑っているのに、なぜか声が冷たい。

「誰の、と言うと?」

「自分のサイズではない服を着ていた」

ああ、と手を叩いて洗濯メイドの夫のお下がりだと報告した。

「俺が華奢なんじゃないからな、ヘルマの旦那が鍛冶職人でムキムキすぎるんだ」

レイノルドもサイズが合っていないことをからかおうとしているのか……と思いきや、なぜか彼は笑うどころか、顔から表情が消えていた。

番防止の首輪を中指の爪でなぞられ、身体が勝手にぴくりと反応した。

「……服がないなら作らせる」

声音が思い詰めているように聞こえるのは気のせいだろうか。

「いらないよ、また宰相の誤解を生むだろ」

レイノルドの指が鎖骨を滑る。また、身体が疼いた。連日与えられる快楽のおかげで、身体が覚えているのだ。

「でも他の男の服をカミルが着てるだなんて……」

自分の服はどうした、と問われてカミルは押し黙った。ナイフのようなもので切り裂かれたとは言えない。カミルに嫌みを言い放った侍従や侍女をクビにしてしまったくらいだ。すぐに犯人探しを始めるだろう。

そうなれば、余計に宰相に動きを悟られてしまう。

「……言えないこと？」

覗き込まれて、どきりとした。不純物のない海のような瞳に、自分の顔が映り込む。ドクン、と視界が揺れるほどの動悸がした。

（きた……！）

先ほど飲んだ発情誘発剤の効果が、さっそく出始めたようだ。しかし、違和感を覚えた。昨日の催淫剤とは全く違うのだ。

（身体に力が、入らない）

レイノルドと向き合ってベッドに腰かけていたが、そのまま彼のほうへと倒れ込んでしまった。

（急激に発情状態になるのか！）

自然な発情は、半日ほどかけて徐々にフェロモンの分泌が増えていくが、薬での発情は突然ピークの状態がやってくるようだ。

濃密なフェロモンが出ているのか、レイノルドが鼻で息を吸った。

「この香りは……発情？」

カミルが無言でうなずいて、レイノルドに謝罪する。

「……ごめん、昨日より効きが早くて。レイノルドは疲れてるのに俺——」

「昨日より、効きが早い……？」

その問いかけに、慌てて口元を塞いだ。

昨夜の催淫剤のことも、今発情誘発剤を飲んでいることも、レイノルドに問われない限りは伝えてはならないと執事長に言われていたのに。

レイノルドに肩を強く摑まれた。その指先が食い込む感覚も、発情状態の自分には興奮してしまう刺激だった。

「あっ……レイ、ノルド……っ」

「薬を飲んだんだな？　何を飲んだ！」

レイノルドは喜ぶどころか、声を荒らげて問い詰めた。

カミルはベッド下に小瓶を隠したことを白状する。確認したレイノルドは「誘発剤

「……」と呟いて、その小瓶を腹立たしそうに投げた。

「どうして飲んだんだ？　もしかして……昨日も誘発剤を……？」

「き、昨日は、催淫剤を……」

執事長の指示通り、問われたので素直に答える。

そうしながらも、カミルの息はどんどん上がり、肌はレイノルドの吐息がかかるだけで感じてしまっていた。

レイノルドがカミルから身体を離した。

「昨日は薬のせいだったのか」

昨日、カミルが感じていたのは自分の愛撫に応えたのではなく、薬で敏感になっていただけだと、レイノルドは察してしまったのだ。

傷ついたレイノルドの表情に、カミルは自分の行いを後悔した。

「ち、ちが……俺、ちゃんと」

薬だけのせいではなく、ちゃんとレイノルドに愛撫されて気持ちがよかったのだ、と伝えたかったが、レイノルドは発言を遮った。同時にくたくたと力が抜けて、溶け落ちるようにベッドに倒れてしまう。

「私が勘違いしていたんだな」

冷たくカミルを見下ろすレイノルドは、抑揚のない声でそう言った。

「夜伽係と言いながらも、カミルは私に応えてくれているのだとばかり」

自分に覆い被さるレイノルドが怒っているのは分かっているが、発情のせいで本能が勝手に期待して下腹部を切なく収縮させた。

「カミルは本当に夜伽の仕事だと、割り切っていたんだな」

違う、と首を横に振ると、さらに問い詰められた。

「では薬に頼るほど、私との閨が苦痛だった？」

それも違う。が、意識がもうろうとしてきて言葉にならない。

「俺は、お前のために……っ、発情しないと……っ、婚約者と番えないって……」

「あの宰相の息子と私を番にするために、こんな危険な薬を……？」

目が回る。薬の効果を侮っていた。苦しくて呼吸の仕方すら忘れそうだ。

レイノルドを見上げると、顔から表情が消えていた。

「発情誘発剤のおかげでフェロモンがこんなに濃いのか、私には効かないようだが」

「発情しても……だめなのか……っ」

「男としてカミルに興奮はするが、フェロモンは全く効いてなかったよ。解けないんだよ、これはペナルティであり、呪いだから」

病気や機能低下ではなく、まるで鍵がかけられているかのような口ぶりだ。そもそも、発情するとも思っていないような。

「閨で薬を使う、他の男の服を着る、どこまで私を振り回す?」

キスをしようとするので顔を背けると、顎を強く掴まれた。

「拒むな」

「レ、レイ、ノルド、話を――」

「話ができるほど、君はまともな状態じゃないじゃないか! せっかく再会が叶ったというのに、君は……今世でもまた……僕に背を向けるのか」

もうろうとする意識の中で、自分を責めるレイノルドの苦しそうな呻き声を聞いた気がした。


カミルは、月明かりだけを頼りに王宮の裏庭を走っていた。

何度も喘がされ、絶頂を与えられ続けた。しかしそれはレイノルドの身体をもってではなく、指や口――そしてときに張り型を使って。

レイノルドは冷たく、何の感情もない顔で、カミルを善がらせ続けた。

抱きしめてもくれない、ただ、カミルの熱を事務的に発散させるように。そしてぽつりとこう漏らした。

『こんな扱いでも感じるんだな。快楽漬けにして閉じ込めておくのも簡単そうだ』

感じるのは薬のせいなのだが、レイノルドには何を言っても聞き入れてもらえなかった。「もう出ない」と泣いても、何度も射精させられた。指で擦り上げられた内壁は、ずっといじられていたせいか、指が抜かれてもずっとそこにあるような気にさえなった。

声が出なくなるまで啼かされて、カミルはようやく解放された。表情なく淡々と自分を追いやるレイノルドは、本当に恐ろしかった。

（逃げなきゃ）

優しい伊久馬はここにはいないのだ。

快楽漬けにされるだけなら、正直それでもいい。だが、その状態でレイノルドがマリアンと番になり、幸せな家庭を築くのを夜伽係として見るのだけは嫌だった。

（処刑されたほうがまだマシだ）

夜伽を終えて自室に戻り、少ない持ち物と所持金をずた袋に詰めて、カミルは部屋を出た。ドアに「疲れています、起こさないで」と貼り紙をしたので、しばらく時間は稼げるだろう。

庭師から教わった、肥料搬入口から出ると、朝一番の寄り合い馬車に乗って実家のある地方へと向かった。

（伊久馬に償いたいなんて、見返りを求めずに一途に想いたいなんて、無理だったんだ。結局傷つけることしかできなかった）

これまでの閨での反応が薬によるものだと誤解したレイノルドの、あの傷ついた顔が脳裏に浮かぶ。光弥だった自分に、どんなに冷たくされても穏やかな笑みを浮かべていた彼が、あんなに感情を剝き出しにするなんて――。

王子としてマリアンとの将来も見据えつつ、きっと伊久馬時代から持ち越した光弥への想いが混じり合って混乱しているのだろう。自分も伊久馬を忘れられなかったように。

幌馬車に揺られながら、カミルは自分の身体をぎゅっと抱きしめた。

（本来は、全て忘れて生きるはずなんだ。王子でアルファの彼と、庶民でオメガの俺……接点なんてそもそもあるべくもない）

最後はあんな夜伽になってしまったが、それでも彼との思い出が作れてよかった――カミルは自分にそう言い聞かせながら、ぎゅっと我が身を抱きしめた。まだ彼の残り香がするうちは、そうしていたかった。

二日かけて実家の宿屋に戻ると、母親が何も言わずに抱きしめてくれた。ずっと我慢していた感情が溢れ、カミルは泣きながら母の背中に手を回した。

「ごめん……俺、色々あって……王宮から逃げてきたんだ」

明日朝にはこの宿屋を出発し、しばらく遠くに逃げると告げた。

「王宮から追手が来たら知らないふりして」

それが一番迷惑のかからない方法だと思った。

「そんな、オメガが身一つでどうやって。いつまでもうちにいていいのよ。実はね、お父さんに借金をなすりつけて逃げた人が捕まって、返済しなくてよくなったの」

それだけではなく悪質な貸金業者が一斉に摘発され、これまでに支払った違法な利子が戻ってくる予定なのだという。

「ええっ、じゃあもう貧乏しなくていいってこと?」

「知らないってことは、カミルがお勤めのときに王子にお願いしたんじゃないのね。第一王子主導の緊急手配だって聞いたから私てっきり……」

実家の事情など一切話していない。そんなみじめな生活をしていることも知られたくなくて、商売が繁盛しているなどと嘘をついていたのに。

いつも金の心配をしていた母親の表情は、憑き物が落ちたように晴れ晴れとしていた。母は金策の悩みを取り除くとこんな顔をしていたのかと、驚きすら感じる。

レイノルドが自分のために動いてくれたと思うのは、うぬぼれだろうか。カミルの実家の借金事情をきっかけに、はびこる悪徳貸金業の問題に気づいたのかもしれない。

受付をしている長兄も、裏で夕食の下準備をしている父親も、表情が明るくなっている。貧しいというのは、人の希望も奪っていくものだったのだと今さらながら実感する。

「俺がレイノルド殿下に言ったわけじゃないけど……よかったね」

素直にそう微笑むことができた。

「王宮ではどんな仕事をしていたの？　一週間とはいえきらびやかな生活だったんじゃないの？　お給仕でもしてたのかしら」

母親たちはカミルが夜伽係だとは知らされていなかった。王宮から雇用の通達が来た際も、大金を渡された上で「レイノルド殿下のお側で補佐をする仕事だ」としか教えてもらえなかったという。

閨で性処理をする仕事だと言ったら、家族はどんな顔をするだろうか。オメガとして客に性的な接待を要求されたときも頑として首を縦に振らなかった両親だ。「行かせるんじゃなかった」と後悔してしまうかもしれない。カミルはぐっと唇を噛んで「部屋を整えたり洗濯をしたり……色々だよ」とごまかしたのだった。

その夜は、カミルの凱旋とあって宿屋の食堂が大賑わいだった。

「王宮からの出戻りに乾杯！」

常連客たちがジョッキを次々と空けていく。王宮でのいじめに耐えきれず逃げ出しただの、殿下の不興を買っただの、勝手な妄想を肴に盛り上がっていた。

「いいのは顔だけってばれちゃったんじゃないの」

旅芸人がカミルをいじる。

「顔がいいとな、他の部分もよく見えるんだよ。残念だったな！」

給仕をしながら言い返すと、さらに煽られた。

「異議あり異議あり」

「俺たちは騙されてないぞ」

自分に対する親しみを込めた雑な扱いも含め、たった一週間しか離れていないものの懐かしく思えた。明日の早朝には実家を出発し、しばらくは戻らないつもりなので、自分を育ててくれたこの賑わいを何だかんだで楽しんだ。

隅のテーブルで、この宿屋の客らしくない、こぎれいな紳士が静かにワインを飲んでいた。カミルはおかわりを勧める。四十代前半くらいの男性は「やあ、初めまして」とカミルに微笑みかけた。

「宿屋を間違ってない？　ここは庶民向けだよ」

「いや、間違っていないよ」

衣装のデザインで生計を立てているという中年紳士は、注がれたワインを飲み干した。

「この宿屋に美しいオメガがいると聞いて、会ってみたくて」

カミルは「俺のことだろ」と遠慮することなく胸を張る。聞けば衣装のアイデアに行き詰まって、インスピレーションを刺激してくれるモデルを探していたのだという。

「モデルか……悪いけど俺は明日にはここを出るんだ」

それは残念だ、と紳士は肩をすくめた。

「見るのはあんたの自由だ。今日は好きなだけ俺を見ておくといいよ」

その言葉を聞いた他の客が「出た、自己愛主義」とカミルをからかった。

深夜になり客たちが就寝すると、カミルも家族に挨拶をして自室に戻った。早朝に発つ際は家族に一声かけると約束させられて。

自室の前に、ぼんやりと人影が浮かぶ。手元の燭台で照らすと、食堂にいた紳士がカミルの部屋のドアに寄りかかっていた。腕を組んで目を閉じている。

「酔ってるのか？　ここは客室じゃないぞ」

カミルは紳士の肩を揺さぶり、彼を起こそうとした。すると突然肩を強く摑まれて、部屋に押し込まれる。

燭台の火が消え、真っ暗な自室でカミルは紳士に押し倒された。

「何を――」

口元を何かの布で覆われる。

暗闇に目が慣れてきて、窓から差し込む月明かりだけで見えるようになると、紳士は舌を出して息荒くカミルを見下ろしていた。

「はあっ、はあっ……ああ、なんてきれいなオメガだ……嬉しいよ、こんな子を抱けるなんて……」

ふわりと香るのは、フェロモンだった。

（こいつアルファか！）

手足をじたばたと動かすがアルファの筋力にはかなわない。あっという間に着ていた服を破られ、下着一枚の姿にされた。両手首は剥かれたシャツで拘束される。

（くそっ……こいつ最初から俺の身体が目当てだったか……！）

「すごいな、フェロモンの香りがかすかに残っている……発情期が終わったばかりか？」

中年――もう紳士と呼ぶに値しないのでそう呼ぶ――はカミルの首筋に鼻先を寄せて、息を大きく吸い込んだ。昨日の発情誘発剤の名残を嗅ぎ取ったようだ。

カミルは中年を睨んだ。こんなことしてどうなるか分かっているだろうな、と伝えるために。しかし中年は何を勘違いしたのか、うんうんとうなずいた。

「分かってる、すぐに善くしてあげるからね。明日君のご両親にはたっぷりお礼を渡そう。いつもそれで落着だ。ああでもこれまで抱いてきたオメガや女とは別次元の美しさだ」

この男は宿屋にオメガや女を見ると、このような狼藉（ろうぜき）を働いてきたのだろう。

（この変態め）

声が出せないので心の中で罵りながら、カミルは何とか逃れようと身体をよじる。

ぴりっと肩に静電気が起きたような痛みを感じた。遅れてじわりと痛みが広がっていく。

頬に当てられたのはナイフだった。

「大人しく、ね。私はナイフの扱いは苦手だから、ぶすりと刺さっちゃうよ」

肌をうっすらと切られたのだ。

わずかに血のついたナイフを見せられ、死への恐怖がどっと押し寄せる。月明かりでさほど色は分からないが、その鉄のような生臭さをカミルは知っていた。光弥が死ぬときに嗅いだ香りだ。

身体が硬直して動けなくなる。カミルの豹変ぶりを中年は面白そうに笑った。

「おや、威勢がよかったが、ナイフが怖いんだねえ。ほら刺されたくなかったら大人しくしなさい。お利口にしていたら、気持ちよくしてあげるからね。具合がよかったら番にしてあげてもいいんだ」

粘ついた口調が心底気持ち悪い。

中年は右手でナイフを持ったまま、カミルの身体をまさぐった。太ももに自分の滾った股間を押しつけながら。

「はあっ、はあっ、さあお客さんにご奉仕してくれないか。君の可愛いお口でね……布を外すけど騒いだら刺すからね？　さあ口を開けて」

中年はカミルの胸の上に跨がり、自分の陰茎をあらわにする。ナイフの切っ先をカミルの頬に当て、口を開けるよう命じられた。

（嫌だ……！）

「さっさと口を開けないか！」

中年がカミルの髪を摑んで引っ張った。

暴力での支配とは本来こういうものなのだ、とカミルは思い知る。先日怒ったレイノルドに何度も絶頂させせられたことにショックを受けていたが、乱暴とはそういう次元のものではないのだ。

どこが気持ちいいのかを言わされ、そこを何度も愛撫され、「カミル」と耳元で何度もささやかれた。いつものように優しいレイノルドではなかったことが、つらかっただけなのだ。

じわりと目に涙が浮かぶ。レイノルドがあまりに丁寧に優しくカミルを抱いてきたために、それが当たり前だと思い込んでいた自分が恥ずかしくなる。

アルファの中には、目の前の中年のように、オメガは気持ちや同意などお構いなしに犯せる——と思い込んでいる者も少なくないのだ。

レイノルドの腕の中で快楽に酔わされ、カミルこそすっかり平和ぼけしてしまっていた。

「さっさと口を開けろ、そのきれいな顔に傷をつけ——ぐ」

中年は言い終える前に、カミルの上から消えた。正確には殴り飛ばされたのだ。

燭台が灯され部屋が明るくなる。兄か父が気づいて助けてくれたのか——と顔を上げると、そこには彼が立っていた。

「レイノルド……」

「よかった、カミル……！」

いつもきっちりと整えられているレイノルドの髪が、強風に煽られたようにボサボサで、その鬼気迫った表情には、助けられた自分もぞっとしてしまうほどだった。

レイノルドは自分のジャケットをカミルに着せると、両手首を拘束していたシャツを解く。殴り飛ばされた中年は、二人の近衛兵に取り押さえられていた。

部屋の入り口から、混乱した様子で両親と兄弟がこちらを見ている。無理もない、息子が襲われかけた上に、この国の第一王子が飛び込んできたのだから。

「カミル、いったい何があったんだ」

カミルの肩の傷に気づいて、自身のブラウスを破って巻きつけた。

あの客に性的な接待を強要されそうになった、と告げると、レイノルドは近衛兵に目配せした。中年は縄で拘束されてどこかへ連れていかれた。

「レイノルドは、俺を……捕まえにきたのか……」

逃げ出したら処刑、と執事長に言われていたので、このまま許してもらえないのは分かっている。

「何を言ってるんだ、迎えにきたんだ。謝りたくて……この間はひどいことをしてしまって……すまない」

ベッドに腰かけて、レイノルドが頭を垂れた。その様子に両親や兄弟が真っ青になる。

第一王子が貧乏宿屋の三男に頭を下げているのだから当然だ。

「やめてくれ……やめてください殿下、しがない使用人にそんなことをする必要は……」

「あるよ、私がカミルの発じょ」

「わ────っ」

カミルは慌ててレイノルドの口を塞ぐ。カミルが王宮で何をしているのか家族は知らないのだ。その光景を見た母親が「不敬罪……」と呟いて気絶しそうになっていた。

レイノルドはカミルの両親にかいつまんで事情を伝えた。

「ある事情できつく当たってしまったせいでカミルが実家に帰ったのは当然のことだったが、もう私もカミルなしでは困るほど、彼には重要な仕事をしてもらっている。深夜に騒いですまないが、このまま連れて帰りたい」

両親はうなずいて同意し、深々と頭を下げた。

「殿下、カミルを重用してくださりありがとうございます……どうぞよろしくお願いいたします。貧乏宿屋の息子とはいえ、私たちにとっては宝物ですから」

その言葉に、カミルもぎゅっと胸が苦しくなった。親の無償の愛を、カミルは幸せにもしっかり注がれて育ったのだ。「役立たず」と父親に罵られた光弥と違って。

レイノルドはカミルの母親の手を握った。

「カミルを産み、ここまで育ててくれてありがとう。そなたたちの宝、大切に預かろう」

嫁にでも出すかのようなやり取りを見せられ、カミルは用意された馬車に乗り込んだ。

レイノルドと向き合うと、何から話していいのか分からなかった。ただ深夜なので馬車内も暗いのは助かった。先ほどの恐怖が蘇り、手が小刻みに震えていたからだ。自分の弱々しさを、レイノルドには、伊久馬には見られたくなかった。

「……何から謝っていいのか」

レイノルドがぽつりと漏らす。

「君に……あんなにひどく触れてしまって……他の男の服を着ていたことと、薬のことで年甲斐もなくカッとなってしまった」

二十五歳の青年が「年甲斐もなく」と言う滑稽さに、思わず噴き出してしまった。

「私、何か変なこと言った？」

「いや……その若さで『年甲斐もなく』って、ふふふ」

ああ、と納得したようにレイノルドも一緒に笑った。

よく考えたら前世である伊久馬は五十歳で死んだので、レイノルドには七十五年分の記憶と経験値があるのだ。そう考えると「年甲斐もなく」は、確かにその通りなのだ。

「俺のほうこそ、ごめん」

カミルも両手に拳を作って、レイノルドに謝罪した。そうして、中年の客に襲われたときの感触を思い出し、ぞっとした。

「今日、あいつに無理やりのしかかられて理解したよ、レイノルドに大切に抱かれてたんだなって。こないだの夜だって怖かっただけで、ひどい扱いは受けてない」

夜伽係なのだから、こちらの反応など見ずに、ただ性処理役として物のように使っても誰も文句は言わないのに。本来なら、あの中年にされるような扱いを、レイノルドから受けたって何もおかしくないのに。

「それに、実家の借金が急に消えたんだ。これって、レイノルドのおかげだよな」

指摘されたレイノルドは、なぜか気まずそうに「ああ」と返事をした。

「カミルにバレないようにしたかったんだけど……きっと嫌だろうから」

確かに光弥ならば「施しは受けない」などと突っぱねていただろう。

しかし、カミルになった今は違った。愛をもって育ててくれた家族に、あれほど生き生きとした表情が戻ったのだ。感謝の念しか浮かばない。

「それに、カミルのことを調べたおかげで、各都市で悪徳貸金が民の生活を脅かしている実態が浮き彫りになったんだ。こちらがお礼を言いたいくらいだよ」

レイノルドの手が、カミルの拳に重ねられた。

まだ震えていることに気づいたレイノルドは、ぎゅっと力強く握ってくれた。もう大丈夫、と伝えるように。

（大きな手だ）

カミルはその手を持ち上げて、自分の頬にぴたりとくっつけた。

（レイノルドの、優しい手）

このように素直になっていれば、光弥は伊久馬と幸せになれただろうか。そこで運命が変わっていれば、光弥は交通事故に巻き込まれずに済んだのだろうか。

頬を涙が伝って初めて、自分が泣いていることに気づいた。

「俺はまた、お前の優しさに気づけないまま、自分を失うところだった」

やり直したいくせに、結局は同じ道を辿ろうとしてしまう。魂とは、そういうものなのだろうか。

「伊久馬、俺はもうお前から逃げない。もう、間違えないから」

まっすぐ、彼を見つめてそう伝えた。

「光弥……」

「俺は何があっても伊久馬の……レイノルドの側にいる……だからお前も、俺のことは気にせず自分の思う道を進んでくれ」

どんな形になっても彼の側にいよう、とカミルは胸に誓った。

オメガの人権が見直されて暮らしやすくなったのも第一王子——レイノルドのおかげだ。国民を思う彼の信念もそう、自分の身辺調査をきっかけに悪徳貸金の取り締まりが厳しくなったこともそう、彼の判断や施策一つで、たくさんの国民が苦しみから解放される。カミルのことで滅入ったり激高したり、夜中に髪を振り乱して大立ち回りをするような人物ではないのだ。

レイノルドは静かに告げた。

「成し遂げなければならないことがあって、まだ少し時間はかかるが、もう少し私の側で待っていてくれ」

カミルは大きくうなずいた。婚約者の伊久馬ではない、彼はこの国の未来の王となる人物なのだ。成し遂げることはたくさんあるはずだ。

ただ、ここでも光弥が伊久馬に取った冷たい態度や罵倒を、謝ることはできなかった。正確には謝ろうとしたのだが、口が開かなくなったのだ。

自分の記憶の中にあるプライドの高い光弥の、抵抗なのかもしれない。

王宮に戻って数日、執事長が失脚した。

表向きの理由は収賄だ。ただ懐に入れていた額は微々たるもの。本当の理由は、王子の許可なく夜伽係に発情誘発剤などの薬を飲むよう命じたことだった。夜伽係に服薬させるメリットは執事長にはないため、誰かの差し金であることは明白だ。

レイノルドは執事長に指示した人物を吐かせようとしたが、彼は最後まで言わなかった。青ざめて黙り込んでいたので、おそらく吐けば自分か家族の命が危ういと思ったのだろう、とレイノルドが言っていた。

夜伽係の健康状態など構わず、何としても発情させたい——と望む人物となると絞られるのだが、決定的な証拠がなかった。

その日から、レイノルドはカミルを呼んでも、ことに及ばない日が増えた。

「側にいてくれるだけでいい」

レイノルドは嬉しそうに告げた。それでも夜伽係なので、何とか喜ばせたい。できるなら発情の兆しくらい呼び覚ましたい。

「これでは俺がオメガとして魅力なしということになってしまうじゃないか」

そう言ってレイノルドをできる限り煽ろうとするのだが、経験が少ないぶんバリエーションに乏しく、セクシーなポーズをしても「ヨガでも思い出したか」などと言われてしまうのだった。

それでも抱きしめられると、胸いっぱいに多幸感が広がった。呼ばれた夜の時間だけは、自分が彼と恋人同士であるような気分に浸れるのだ。

「……キスは、やはりだめなのか」

カミルを膝に乗せたレイノルドが、口を尖らせた。

うなずいて「だめ」とささやいた。夜伽係の決まり事は、夜伽係を守るためのルールであるような気もしていた。

(レイノルドとキスしたら俺はどうなってしまうんだろう。夜伽係でいられるだろうか)

そんな不安にさいなまれた。

キスはどんな心地よさを得られるのだろう、という興味はある。

洗濯メイドのヘルマに、ふと聞いてみた。

「キスってどんな感じなの」

ヘルマは「うーん」と視線を左上に寄せて何かを思い出すように、こう言った。

「口って、食べるし呼吸もするし会話もするし、一つの器官に人間が生きる重要な機能がいくつも任されてるのね」

突然何なのだろう、とカミルは首をかしげる。

「そんな重要な部位を無防備にくっつけるって、互いを信頼していないとできないでしょう？　欲望を満たす性的な接触より、ずっと濃厚な交歓だと思うな」

その言葉の重みに、さすが既婚者だなとカミルは感心した。礼を告げると、少し思い詰めたような表情でヘルマは言った。

「キスをしたら『好き』が後戻りしてくれなくなるの、それだけは覚えておいて」

筋肉ムキムキの鍛冶職人の夫とは、きっと大恋愛だったのだろう。羨望込みでそうからかうと、ヘルマは「逆、逆、幼なじみの腐れ縁よ！」と両手を顔の前で振る。

(なぜ、レイノルドはキスをしたがるんだろう、俺のこと少しは……)

そんな妄想をして、カミルは自分の頬をぺちと叩いて戒めた。

思わぬところでレイノルドの本音を聞いてしまったのは、王宮に戻って二週間後のことだった。

就寝の時間になって、レイノルドの侍従がカミルを迎えにきた際、彼が急な腹痛に襲われた。侍従を医務室へ向かわせてカミルは一人でレイノルドの私室に向かった。

が、やはり少し迷ってしまいうろついていると、通り過ぎた部屋から話し声が聞こえてきたのだ。

「殿下、ご正室だけではやはり世継ぎの問題が残ります。国王陛下のようにあと数人側室を持たれる準備をされたほうが……」

しわがれた男性の声がした。殿下、と呼びかけているので、おそらくレイノルドもいるのだ。

いけないと分かっていながらも、カミルはそのドアの前でうつむいて聞き耳を立てる。

「いや、側室は必要ない。私の番はただ一人だ。ずっとそう決めている」

「しかしお世継ぎが」

「私は種牡馬(しゅぼば)か？　世継ぎに恵まれなければ叔父上の息子たちがいるだろう」

「直系でなければ示しがつきません」

「誰への示しだ？　優秀な者が後を継げばいい。くだらない。もう一度言う、私は生涯、番を一人しか持たない」

カミルは指先から冷えていくのを感じた。

頭では分かっていたが、レイノルドの婚約者マリアンへの想いは、想像以上に真剣なものだった。

(たくさん奥方を持てる立場なのに、一人だけを愛すると——)

じくじくと、カミルの胸に生傷ができたような痛みが広がる。

レイノルドの真剣な声が、耳殻で何度も響く。

カミルは慌ててその場を立ち去り、自室のある使用人棟へと走った。

(素直に謝れないけど、彼との関係を婚約者としてやり直すことはできないけど、私心を捨てて彼が幸せになるために尽くそう)

そう言い聞かせているはずなのに、目尻からは涙がこぼれた。嫌だ嫌だ、と心の中で光弥が泣いている。

まだ謝れてもいないのに、俺は婚約者だったのに、もう一度愛されたいのに。

そんな叫びを、全部〝過去の光弥〟が言っていることにしておきたかったが、認めざるを得なかった。

レイノルドが婚約者を一途に想う事実を知ってこんなに苦しいのは——。

(俺がレイノルドを好きだからに決まってるじゃないか)

カミルにとっての初恋は、打ち明ける資格すら持たない、かわいそうな恋だった。

＊＊＊＊

【二〇三十年十一月八日】


復讐が終わった。

光弥を巻き込む多重事故を起こした煽り運転の男は、懲役十八年を言い渡され判決が確定している。が、助手席の女は何の罪にも問われなかった。原因を辿れば、その女が男に「前の車がお前を舐めている」などとそそのかしたことがきっかけだったのだ。

女は裁判でも涙ながらに「こんなことになるとは」と証言していたが、探偵を使って調べると、当時のことを笑い話にして飄々と生きていた。女に対して、数年かけて実行していた復讐は、女の失職と精神崩壊をもって完了した。

そんなことをしても光弥は戻ってこないのだが。

事業は呆れるほど軌道に乗った。縁談も後を絶たなかったが、自分は生涯独身を貫くこと、縁談を持ち込んだ人間との関係を絶つことを公言するようになってからは、持ちかけられることがなくなった。

光弥が生まれ変わっているという霊能者の言葉を頼りに、今度は〝何に〟生まれ変わっているのかを調べ続けている。

能力が確かだと言われる実力者には、新しい生を受けているが摑めない場所にいる、と告げられた。外国ということだろうか。

そして、めったに仕事を引き受けず、引き受けるときは億を超える依頼料を取る――という能力者がいる、という噂を聞きつけた。その界隈では長く知られているのに、いつも青年風の佇まいの僧だという。しかも、気に入った人間の依頼しか受けてもらえないそうだ。

これまで数百人の能力者――自称も含む――に会ってきたが、さすがに億を請求する者はいなかった。

光弥の生まれ変わりを指摘した能力者を再び訪ね、その法外な請求をする能力者について尋ねてみたら、真っ青になって震えた。

だめです、あの方は、そういうものを全て超えた方なので、私どもが言及してよい方ではないのです――と言った。

その様子に、僕は本物だと思った。その人物なら、僕の願いを……光弥との再会を叶えてくれるかもしれない。

【4】


カミルは、レイノルドにもう一度発情誘発剤を使いたい、と申し出た。

「なぜそんなことを？　あんな薬、身体にいいわけないじゃないか」

レイノルドの私室でソファに腰かけて向き合っていたが、カミルはうつむいて黙り込んだ。言えるわけがないのだ、まだ一度も本当のセックスをしていないから発情できないのではないか——とは。

レイノルドが一途に想う婚約者と結ばれるために、自分は王宮に雇われた。その本来の目的を一日も早く果たして、レイノルドの願いを叶えてあげたいのだ。

光弥の執着も、カミルの初恋も、彼の本音を立ち聞きしてしまったあの日、体調が悪くなったと嘘をついて自室にこもり、一晩かけてきちんと蓋をした。蓋だけでは心許ないので、何重にもきつく縄で縛った。

レイノルドは薬の使用を認めてくれなかった。

では自力で頑張るしかない。カミルは王宮の知り合いに頼み込んで、色々な性技のアドバイスをもらった。

「ん……ン……っ、はっ……」

レイノルドの膝の上で悶えるカミルは、レース丈で作られた丈の短いワンピースを着ていた。「衣装を変えると燃え上がる」という話を聞いて、取り寄せてみたのだ。

レイノルドは驚いてはいたが、嬉しそうにレースの下に手を入れた。

「どういう風の吹き回し？　こんな衣装を着てくれるなんて」

「喜んで……ンっ、くれるかなって……」

自分のためにわざわざ着た、ということに喜んでいるようだった。レース越しに胸を食まれると、いつもと違う刺激に自分のほうが達してしまいそうになった。股間がレースの裾を押し上げて、何ともはしたない姿になってしまう。

「カミル……きれいだ……」

レイノルドが裾から手を入れて、太ももを撫でた。後ろの蕾は潤んでいて、少しでもそこに指が触れたら期待しているのがばれてしまう。

カミルはその双丘の狭間を、すでに天井を向いたレイノルドの陰茎に沿って擦りつけた。

「ああ……カミル」

レイノルドは目を閉じて大きく息を吐く。感じてくれているようだ。

懸命に腰を振ると、愛液も手伝って、じゅ、じゅとレイノルドの陰茎を臀部が擦った。

「レイノルド……気持ちいい？」

何度もうなずいて、レイノルドはカミルの腰を撫でる。強く引き寄せて、再び乳首をレース越しに舐られた。

「あああっ」

のけぞった勢いで、レイノルドの先端がカミルの後孔につぷ、と入ってしまう。

「んっ」

今度こそ彼のものを全部呑み込んでみせる、とカミルは自分を叱咤する。腰をゆっくりと動かすが、なかなか奥に入ってくれなかった。

「ん……っ、ど、どうして……」

悔しくて鼻の奥がツンと痛くなる。

カミルの髪を、レイノルドは優しく撫でて「十分気持ちがいいよ」とささやいた。

嘘だ、とカミルは首を左右に振る。多少無理にでも奥にねじ込んでくれたらいいのに、とすら思うが、レイノルドはカミルの顔色を見て、今夜もまた、ここで挿入をやめた。

カミルは洟をすすった。

「俺……発情、してほしくて……」

「発情しなくても、カミルがいるだけで、ずっと興奮しているというのに」

それではだめなのだ。

カミルは双丘のあわいにレイノルドの陰茎を導き、くちゅくちゅと音を立てて扱いた。

興奮して我慢できなくなったのか。レイノルドも腰を動かしてくれる。

同時に陰茎を握られて、同じリズムで愛撫された。

「あぅっ……」

そのせいであっけなく吐精してしまい、レースのワンピースを汚してしまった。

「拭こうか」

レイノルドがベッドサイドの手巾に手を伸ばそうとする。それを阻んで、カミルはまた腰を動かした。

「まだだめ……レイノルド……お願いだ、発情してくれよ……ンっ」

懸命に腰を動かしていたカミルは、レイノルドに強めに制止されるまで諦めようとしなかった。気づけば涙が溢れていた。

国の頂に立つために、立太子するためには、レイノルドに伴侶が必要だ。その伴侶と番うために、カミルは彼を発情に導かなければならないのに。

(自分が溺れてばかりで、全然役に立ててない)

王宮のバラ園で青虫を集めながら「はあ」とカミルは大きなため息をついた。

「どうした坊主、疲れたか?」

庭師長がカミルの頭に麦わら帽子をかぶせてくれた。日差しが強いので、庭師小屋から持ってきてくれたのだろう。レイノルドに呼ばれなかった翌日は、何もしないとサボっているような気になるので、洗濯手伝いのない日は庭師を補佐する。

今日はバラ園で虫取りだ。これなら専門知識がなくてもできる。

(光弥だったときは、虫に触るなんて冗談じゃないと思ってたんだけどな)

今は歌でも口ずさみながら鋏でひょいと摑んで袋に入れていける。

「これから気温が上がると、こいつら食欲が旺盛になって食い荒らしていくからな。しっかり探せよ」

庭師長が弟子たちに声をかけた。十代前半から二十代くらいの青少年たちが「はーい」と楽しそうに返事をする。

その中に新顔がいた。気づいた理由は人種だ。国民のほとんどが白人のこの国には珍しい、象牙色の肌をしていたからだ。顔の作りも涼しげで、カミルは懐かしさを覚えた。

(前世の……日本人みたいだ)

年ごろは自分と同じくらいだろうか。不思議そうに彼を見ていると庭師長が、一昨日から入った新しい弟子だ、と教えてくれた。

「東国の出身だそうだ。言葉に不自由はないから仲よくしてやってくれ」

「俺はキラだよ！　よろしくな」

口を横に広げて快活に笑う彼に、カミルも挨拶を返す。ふと彼の首にネックガードがついていることに気づいた。視線で察したのか「まあ、対策っていうかさ」と笑ってごまかした。はっきりとは言わないが、オメガなのだろう。

あまりネックガードをじろじろ見るのも不躾かと思い、視線をそらすためにあたりを見回すと、小さな蕾をつけたバラたちが視界に入る。暖かくなるのをソワソワと待っているように見えた。

「これから見ごろを迎えるんだな」

カミルの独り言に庭師長が答えてくれる。

「年に何度も咲くバラもあるし、品種を取り揃えて一年中楽しめるようにしてるんだ。そのぶん手間はかかるがな。病気にもまだまだ弱いし」

バラの品種改良は進んでいるが、手をかけて育てないと美しく大ぶりの花をつけられないのだという。守られて、手をかけて、病気にならないよう気にかけて。それが当たり前の生活だと信じて大きく花をつけるバラは、前世の光弥のようだ、とカミルは思った。

「いいとこの坊ちゃんみたいな花だな」

庭師長は高笑いして同意し「お前はエリカだな」と麦わら帽子越しにカミルの頭に手を置いた。

「エリカ？　あの野草の？」

何度か見たことのある、紅色の房状の花だ。

「ああ、エリカはどんな荒野でも美しく花を咲かせる。誰の手も借りずに。バラとは対照的だ」

「まあ育ちは悪いが、俺は顔だけはいいからな……」

新弟子のキラが「自分で言っちゃうのかっこいいな、噂通りだ」と褒めてくれる。

対して、庭師長が真面目な表情で続けた。

「エリカは他の植物が一切育たない過酷な場所でも咲き誇り、荒野を赤く染める。だから花言葉が『孤独』になってしまったが、その強さに俺たちは美しさを見いだす。お前の価値が顔じゃないことくらい一、二階の使用人たちはもう分かってるさ」
一、二階の使用人とは下級使用人たちのことだ。しかし、買いかぶりすぎだとカミルは首を振った。
「おや、今日は違う男と遊んでるの？」

若くて凛とした声が、庭に響いた。顔を上げると侍女に日傘を傾けられたマリアンが庭を散策していた。

「いえ、芋虫を集めています。マリアンさま」

カミルは「見ますか」と袋を開いてマリアンに歩み寄るが、侍女たちから悲鳴が上がる。

マリアン本人も腰を引いて青い顔をしていた。

「そうやって使用人たちに媚びを売って支持を集めてるのかい？　美男はつらいね」

マリアンはカミルへの悪意を隠さなくなっていた。カミルが二日に一度はレイノルドに呼ばれていることを知っているのだろう。

「美男というのは何もしなくても支持されるので、媚びを売る必要がないんです」

淡々と応答しつつも、心の中では灰色のドロドロとした感情が渦巻いていた。

レイノルドが「唯一の番」と決めている人。権力者と渡り合う胆力のある人。バラのように手をかけられることが当たり前に育った人。対して自分は――レイノルドが彼と幸せな番になるために、発情誘発を任されたただの夜伽係だ。

「庭遊びもいいけどしっかりアチラの仕事もしてね。あまり時間がかかるようなら、また新しい夜伽係を調達しないといけないからね。そうなったら君は娼館にでも再就職かな」

意地悪な声音の向こうで、侍女たちのクスクスと蔑むような笑いが聞こえてくる。

娼館のくだりに、庭師長が抗弁しようとしたがカミルが制した。

何を言われても平気だった。あえて引っかかった点を挙げるなら『夜伽係を調達』という物扱いに、彼ら特権階級の意識がにじんでいたところだろうか。

(国民思いのレイノルドとは、視線が違う)

作業をしながら聞いていたキラが、こっそりささやいた。

「俺はバラより、エリカの花のほうが好きだよ」

慰めてくれているらしい。こちらも小声で礼を言った。キラとは友達になれそうだと思うと、気分が軽くなったのだった。

マリアンが露骨な態度を取ると、上級使用人たちからの嫌がらせも、お墨つきを得たかのように勢いづいた。

レイノルドにばれるような嫌がらせは職を失うと分かっているので、カミルが王子に告げ口しないのをいいことに、水面下で行われていた。

夜伽が終わって入ろうとした風呂が水風呂になっていたり、自室の絨毯に獣の血が飛び散っていたり——。音を上げて出ていくまで嫌がらせをせよと指示を受けているのでは、と思うほどだった。

再びクローゼットの中身を引き裂かれた日は、ヘルマも一緒にいた。

「……顔がいいと試練が多いことだ」

「あなたそればっかりだね！」

ヘルマの夫に借りた服も、それに悋気(りんき)してレイノルドが用意した服も、全て引き裂かれていた。

部屋の鍵を替えたほうがいいとヘルマに提案されたが、どうせ使用人棟のマスターキーを使っているのだろうから意味がない。

「十分な給金をもらっているから、自分で買いにいくよ」

カミルはその日、城下町に服を調達しに出た。

街はどこかお祭りの前のようなソワソワした雰囲気だった。聞いてみると、もうすぐ第一王子の生誕祭だという。

(レイノルド、もうすぐ誕生日なのか)

カミルは自分の財布を開く。王子が喜ぶようなものを買える金など到底持ち合わせないが、貴族用の小物なら買える額が入っていた。

が、店に寄ってみると入店すら断られた。

「うちは貴族専用だ」

白いシャツにラフなパンツ姿の平民は、金を持っていたとしても買う権利すらないのだ。

仕方なく雑貨店で繊細な彫りが施されたペンと、白鳥の羽根、そして青の染料を買った。

自室に戻り、白鳥の羽根を染料で青に染めた。一度では深みが出ないので何度か色を重ねる。するとレイノルドの瞳のような、深くて知性を感じさせる青になった。

ナイフでペンの持ち手を削り、溝を作って白鳥の羽根を差し込み固定すると、手作りだが美しい羽根ペンが完成した。

ふと、伊久馬が日記をつけている横顔を思い出していた。

(今も日記、つけてるのかな)

そのときにこのペンを使ってくれるだろうか。彼の手が動くたびに青い羽根が振れる様子を、一人にやけながら思い浮かべた。

光弥が自分で渡せなかった誕生日プレゼント。これもささやかな〝やり直し〟だ。

押し花をラッピングに使おうと王宮の裏手で野草を探していると、背後から冷たい声がした。

「何をしている」

振り向くと白髪交じりの壮年の男性が立っていた。トラウゴット宰相だ。

「野草を探しています」

トラウゴット宰相は自身の侍従を下がらせ、カミルと二人きりになった。内容は想像がつくが、聞かれたくない話をするつもりのようだ。

「任された仕事は順調か」

閨事を口外してはならない立場のため、カミルは静かにうなずいた。

マリアンから話は聞いている、と彼の息子の名が出たので、口答えしてきたことを叱責されるのだろうと身構えると、トラウゴットはふっと相好を崩した。

「わがままに育ててしまったせいで迷惑をかけてすまないな」

想定外の謝罪に、カミルは目を瞠った。

「いえ、特に困ったことは」

「あれでも殿下に対する気持ちは本物なのだ。そのぶん、お前をうらやんでいるのだろう。自分は待てば正室になれるというのに、こらえ性のない息子だ」

「俺の顔がいいので、不安になるのは仕方のないことです」

真面目にそう答えると、ハハと高笑いした。

「確かにお前は美しいな、肌も白くきめ細やかだ」

トラウゴットの指先がカミルの金髪にさらりと触れた。

「俺は殿下の夜伽係ですよ」

「お前にやましい感情を抱くほど若くはないさ。しかし、夜伽係で終わらせるのはもったいない……お前には、局面を動かす価値がある」

局面、価値、という言葉に引っかかったが、自分が聞いたところで教えてくれるわけがないため「はあ」と生返事をした。

レイノルドの誕生日は、朝から空砲が鳴り響き、お祝いムード一色だった。

昼間の街ではフェスティバルが開かれ、その間、王宮では諸外国からの挨拶と贈り物で列ができる。夜は国王陛下主催の舞踏会だ。

王宮の使用人たちは大忙しで、あまり役に立たないカミルでさえ引っ張り出された。とはいえ下級使用人は全て裏方に回されるので、食材を運んだり、皿を洗ったりと厨房(ちゅうぼう)を中心に手伝った。

(レイノルドにプレゼントを渡せるのは、今度呼ばれたときかな)

国賓の出迎えや謁見――と、今日の主役にはきっと息つく暇もない。

厨房に上級使用人の侍女が二人、駆け込んできた。

「カミルはいる？」

慌てた様子で叫んでいる。芋を洗いながら「ここだけど」と手を挙げると、二人に厨房から連れ出された。

「急いで！　遅れたら私たちが怒られるんだから！」

そう言って客用のドレスルームに連れ込まれる。

大鏡の前で侍女たちがカミルの服を剝いた。

「何だ、俺がどんなに美形だからって、そんな強硬手段を」

抵抗しようとすると、侍女の一人に手巾で頭をはたかれた。

「何言ってるの、宰相さまのご命令なんだから黙ってなさい！」

聞けば、カミルの身なりを整えて宰相のもとに連れてくるようにと命じられたそうだ。

（何か手伝わされるのか）

面倒だなとため息をつきつつも、侍女たちの切羽詰まった様子に仕方なく従うことにした。

侍女たちは「細いから少し腰回りを詰めないと」などとブツブツ言いながら、カミルの身支度をしていく。眉も形を整えられ、切りっぱなしの髪も揃えられ整髪剤代わりのバームで毛流れを調整された。

小一時間ほどで仕上がった自分の姿に、カミルは驚いた。

白いフリルタイのブラウスにアイボリーのジャケットとパンツ。顔には分からない程度にうっすらと粉まではたかれている。

「すごいわね……レイノルド殿下に引けを取らないって言われてたけど、本当だわ」

侍女がまぶしそうにこちらを見ているので、カミルも同意した。

「まるでおとぎ話に出てくる王子さまだ」

自分で言うな、と怒られながら手を引かれて移動させられる。

連れていかれたのは、来賓をもてなしているガーデンパーティーの会場だった。

カミルはひるんだ。実家の宿屋で給仕はしていたが、彼らは多少こぼしても文句は言わない。国賓級を相手に粗相なく給仕できる自信はない。それに選りすぐりの従僕たちが華麗に立ち回っている中に、自分が入ってしまえば足手まといになるのではないか——と。

だが連れてこられた目的は給仕ではなかった。

「ああ、来たな。こちらへ」

よその国の使者らしき人物と談笑していたトラウゴット宰相が、カミルに気づいて手招きをする。カミルの姿を見て、感心したように「うむ」とうなずくと、談笑していた相手にカミルを紹介した。

「先ほどお話しした者です」

そう言ってカミルの背中を押し、相手に近づけた。耳元で「未来の同盟国メテオーアの使者だ、笑顔で」とささやかれた。

浅黒い肌に涼やかな目元をしたその使者の中年男性は「これはこれは」と白い歯を見せて笑みを浮かべた。

「なんと麗しい、肌も磁器のようだ。王宮の使用人もみな器量がいいと思っていたが、彼は格別ですな」

使者はカミルに手を差し伸べて握手を求めた。自分の身分でそれに応じてよいのか分からず、トラウゴットを見ると、うなずいて応じるよう促される。

使者の手を握り返すと、彼は両手でカミルの右手を掴んだ。純粋な握手というより、手の形を確認するような不思議な握手だった。

トラウゴットが「我が国は容姿の整った者が多いですからな」と自慢げに語る。使者は何度も「素晴らしい」と称賛し、カミルを頭からつま先まで舐め回すように見ていた。

人の視線には慣れていたが、カミルは違和感を覚えていた。近づきたい、あわよくば触れたい、など自分への好意——よこしまなものも含め——か、または容姿を妬むような視線は多いが、この使者の視線や触れ方には、そんな感情的なものを一切感じなかった。

例えるなら、商品に不備がないか検品するような——。

「なるほど、トラウゴット宰相のおっしゃる通りでした。例の話、喜んで進めさせていただきましょう、お互いの国益のために」

カミルが分からずにトラウゴットを振り向くと、彼は満面の笑みでこう教えてくれた。

「お前の美貌に満足して、頼んでいた取引が叶いそうだ。礼を言うよ」

ますます理解できずに、カミルは「はあ」と分かったふりをしたのだった。


夜も更け、カミルは自室の窓から月を見上げた。

今日は当然のごとく、レイノルドには呼ばれなかった。机の上には手作りした羽根ペンと押し花のしおり。

(誕生日に渡したかったたな)

そんな本音を冷静な自分が、わきまえろ、と抑えつける。誕生日の夜なのだ、大切な人と——婚約者と過ごしているかもしれない。

ふと窓辺に小さな木の実がのっていることに気づく。小鳥が運んできたのだろうか。

それを見たカミルは「そうか」と小さく呟いた。会えなくてもプレゼントを置いてくればいいのだと。

だがレイノルドの私室に向かう途中、あえなく警備兵に捕まった。

「だめだ、呼ばれもしないのに殿下の部屋に行くんじゃない」

カミルは腕を掴まれて引きずられる。

「お願いだ、この包みを部屋の前に置いてくるだけだから」

「例外はない、使用人棟に戻れ」

王宮の警備兵、さすが徹底している。

カミルは諦めて、庭に回ることにした。レイノルドの部屋を庭から見上げ、するすると近くの木に登る。こんなとき、身軽でよかったと心底思う。光弥だったときは、通学でさえ車での送迎だったため、木に登るという発想すらなかっただろうから。

木の太い枝にしがみつき、羽根ペンを入れた包みをベランダに投げ込んだ。朝にでも気づいてくれたらいい、と願って。

すると、ベランダの扉がゆっくりと開く。

「……誰だ」

レイノルドの声がした。

カミルは慌てて「俺だよ」と小声で答える。

ベランダから身体を乗り出したレイノルドが、木の枝にしがみついている自分を見つけて驚いている。カミルは慌てて人差し指を当てて、静かに、とサインを送り、するすると木を下りた。

地面に足がついたところで、見上げると包み紙を開いて、羽根ペンを手にしているレイノルドが月明かりに照らされていた。

へへっと思わず笑みがこぼれる。すると、カミルの頭に小さな包みが落ちてきた。開くとキャンディが入っていた。お礼にくれたのだろうか。

カミルは声を出せないぶん、レイノルドに大きく手を振って使用人棟に戻った。ポケットに入れていたキャンディの包み紙も、記念に保管しておこうと机に広げると、そこには急いで書かれたような文字が並んでいた。

燭台を近づけ読んだ瞬間、胸がきゅうと音を立てた。

『最高の誕生日をありがとう』

その文字にそっと、唇を寄せた。


微熱を出したのはその翌日のことだった。船酔いしたような目眩にも襲われ、発情期の前兆に似た症状が続いた。カレンダーを確認するが、九十日に一度のサイクルなので、自然発情にしては早すぎる。

昼間のうちに町医者にかかったが、やはり発情期の前兆だと診断された。原因は発情誘発剤だった。娼館のオメガも発情誘発剤の影響で自然発情のサイクルが狂うことが多いのだという。「身体が短いサイクルで発情していいと勘違いするんだ」と医者は言った。

これはこれで、レイノルドの発情を促す好機なのではないかとカミルは思った。

が、実際は部屋から出られずにいた。

発情期は気の乱れのせいなのか、理性が負け、本能や本音が剝き出しになってしまう。オメガとして自然発情しているみっともない姿を、見られたくないと思ってしまったのだ。

そして、本来カミルが触れることのない物を洗濯メイドのヘルマに無理に頼んで手に入れてもらった。レイノルドの、洗濯前のブラウスや寝間着だ。

発情期のオメガには、アルファの服や所持品を集めてそれに身を包む〝巣作り〟という本能的行為がある。ヘルマは「巣作りはオメガの本能だから仕方ないわね」と持ってきてくれたが、オメガだってアルファなら誰でもいいわけではない。本能が想い人の香りを求めて巣作りをするのだ。発情期に巣作りなど、初めての経験だった。

カミルは使用人棟の自室に鍵をかけて、レイノルドの服に包まれ、ようやく落ち着く。そうしていないと不安で叫びそうになってしまうのだ。

レイノルドの侍従には昼間のうちに体調不良を伝えていた。レイノルドのことなので、今夜の夜伽は見送ってくれるだろう。

レイノルドの香りに包まれていると、穏やかな心地よさと眠気に襲われる。これから本格的な発情期がやってくる。周囲のアルファにも迷惑をかけるため、数日はこの部屋に籠城しなければならない。

（発情誘発剤でダメだったんだから、自然発情でもどうせレイノルドは発情してくれない。ならこのみっともない姿を見られたくない）

ガチャン、という何かが割れる音で、カミルは目を覚ました。

破れたカーテンの向こうでは夜空に下弦の月が浮かんでいる。半日ほど眠っていたようだ。太ももが濡れている感触に、カミルは「ああ」と呻いた。

子をなす器官が濡れ、身体が熱い。ずくずくと腰に響くこの感覚は、間違いなく本格的な発情だった。

先ほどの食器が割れるような音は何だろう、とドアのほうを見ると、誰かが言い争っている声が聞こえてきた。「おやめください、どうかご勘弁を」という涙声は、おそらくヘルマだ。誰かがこの部屋に入ろうとしているのか。

（アルファが俺のフェロモンのせいでおかしくなったか……？）

カミルはベッドの隅に寄り、レイノルドの服の中に隠れた。身体の震えが止まらない。

窓から逃げ出そうにも、この状態では走ることもできない。

実家で中年に襲われかけた夜のことを思い出す。歯がガチガチと鳴る。アルファに手込めにされるから恐ろしいのではない、レイノルド以外の人間に襲われることが嫌なのだ。

ヘルマの制止を無視したように、ドアが解錠される。おそらくマスターキーを使える立場の人間なのだ。

（こんなことなら、レイノルドの私室に行けばよかった。レイノルドの側が一番安全なのに）

ドアが勢いよく開く。カミルは震えてベッドの隅で小さくなっていたが、部屋に流れ込む空気に乗って、心地よい香りがした。

（この香りは）

自分が今くるまれている衣類と同じ――。

「カミル」

入り口に立っていたのはレイノルドだった。年季の入った使用人棟の狭い一室に、正装したままのレイノルドが息を切らせて立っていた。

「う、うわ、すごいフェロモンだ」

他のアルファだろうか、廊下で狼狽える声が聞こえる。

レイノルドは振り向いて、聞いたこともないような怒声を上げた。

「この部屋に近寄るな！　近寄った者は殺す！」

冷静なレイノルドの口から出たとは思えない台詞だった。

部屋の扉を閉め、内鍵をかけたレイノルドは、ゆっくりカミルのもとに歩み寄る。

「レイノルド、こんなところに……っ、来たら、いけない」

言葉ではそう言えても、本能は正直で、レイノルドが近づくにつれ心拍数が上がり、腹の奥がずくずくと疼く。

レイノルドは燭台を机に置くと、ベッドの縁に腰かけた。

「ああ……自然発情が来たんだね」

レイノルドはカミルに手を伸ばし、頬を指の背でそっとなぞった。それだけでカミルは身体をびくんと揺らしてしまう。

（でも、こんなになってるのは俺だけだ……レイノルドはやっぱり、俺の自然発情でも発情はしてくれない）

自分に発情しないアルファを前に、一人身体を疼かせている自分がみじめでならなかった。

カミルはレイノルドの服をたぐり寄せて、またその中に潜り込んだ。

「お願いだ……今の俺を見ないでくれ……」

見るよ、という低い声と、ベッドが軋む音がした。一枚一枚、レイノルドのブラウスやガウンがタマネギの皮を剝くように取り除かれる。

「見せて、カミルの発情した顔……ああ、かわいい」

レイノルドの息は荒かった。燭台の明かりだけではわかりにくいが、顔も赤い気がする。

ドクッ……とカミルの身体が反応した。顔を見ただけで、さらに太ももが濡れる。

（どうしよう、ああ欲しい、抱かれたい、レイノルドに？　それとも伊久馬に？）

扉が激しく叩かれた。レイノルドの侍従らしい。

「殿下、お戻りください、いけません、こんな場所でオメガと閉じこもるなど――」

レイノルドが突然カミルを抱き込んで、カミルを守るようにドアに背を向けた。

「うるさい！　誰一人入室は許さない。一歩でも足を踏み入れてみろ、首を切り落とす！」

フーッ、フーッ、と息が荒く、グル……という唸り声も聞こえてくる。まるで狼が威嚇しているような。

「苦しいだろう、私はそのつらさ分かるよ」

かつてオメガだった伊久馬としての記憶を持つレイノルドは、今の状況も分かってくれているのだ。

「私のブラウスで巣作りをしてもらえるなんて夢みたいだ。発情期が終わるまで側にいるよ。すぐに楽にしてあげるからね」

微笑むレイノルドの糸切り歯が、いつもより鋭く、尖って見えた。これもまるで狼のように。

狭い狭い使用人の部屋で、カミルはレイノルドに身体を預ける。

発情したカミルは、レイノルドに何度も絶頂へ導かれ、朝が来て、また日が暮れた。部屋にある水だけで、食事もとらずに、二人はずっと行為にふけっていた。

「あっ……うぁっ……あああっ、だ、だめ……そんな」

レイノルドがカミルの陰茎をこれでもかと舐りながら、後孔も指で慰めていく。勝手に濡れそぼったそこは、レイノルドの指を食むように締めつけ、指の節でさえ気持ちがよかった。

レイノルドの指は、オメガの――カミルの気持ちのいいところをよく知っている。

「ここが、前立腺。発情期のオメガはここも敏感になる」

中に埋められた中指が、カミルの腹側の膨らみをくりくりと捏ねる。

「んぅうっ」

腰が勝手に浮いて刺激を逃がそうとするが、レイノルドの指は解放してくれない。

「こらこら逃げない、よく覚えて」

発情して巣作りしたカミルの部屋に、誰一人近寄らせず、狼のように牙を剝いていたレイノルドだが、人が寄りつかなくなったと分かると落ち着きを取り戻し、こうやってカミルが発情で悶えるたび、指や舌で慰めてくれていた。ときには一緒に陰茎を握って擦り合った。

気持ちがよすぎて身体が溶けてしまうのではと怖くなるほどだった。

「ばかっ……指じゃ嫌だって言ってるのに、何で……っ」

カミルも発情して本能が優位になっているせいか、口の悪さや生意気さが隠しきれず、レイノルドを叩いたり蹴ったりもした。

なのにレイノルドはそれを嬉しそうに受け止める。

二度目の朝を迎えたところで、カミルの発情が落ち着き、それに比例するようにレイノルドも穏やかになり、ようやく部屋の内鍵を開けたのだった。

入り口で見張りをしていた警備兵が、慌てて人を呼び、ヘルマたちが飲み物や食事を運び込む。

レイノルドは侍従が持ってきたガウンを何もなかったかのように羽織り、カミルに王宮の客室に数日移るよう指示した。

「衰弱しているだろうからゆったりと寝かせたい、そんなナイフの傷だらけのマットレスではない場所で」

ヘルマに顔を拭かれていたカミルは、はっと覚醒した。

慣れてしまっていたので忘れていたが、マットレスやカーテンは切り刻まれたままだったのだ。

「犯人はそのうち出てくるだろう、自首すれば命は助ける——と触れ回ればな」

カミルはぽかんとしているが、その顔を拭っていたヘルマはカミルを心配そうに覗き込んでいた。

「あなた……大変なことになっちゃったねえ。これからどうなるのかしら」

「大変なことって？」

「だって、レイノルド殿下のこれ……〝アルファの巣ごもり〟でしょう？」

巣ごもり、って何だったか――とぼんやり思い出しながら、睡魔と疲労に襲われたカミルは意識が遠のいていく。ヘルマの声が途切れ途切れに聞こえる。ちゃんと喋ってよ、と言いたいが、瞼が重くてそれどころではない。

「レイノルド殿下がカミルに本気で惚れてることが、王宮中にばれちゃったんだよ。この子いったいどうなっちゃうんだろう……」

ぼんやりと思い出す。巣ごもりとは、アルファは発情したオメガが意中の人物だった場合、そのオメガを閉じこめて誰の目にも触れないようにする――という本能的習性だ。閉じこもっていた間、レイノルドからフェロモンは感じなかったのだが――。

ヘルマがカミルの手をギュッと握った。

「殿下なんか好きになったら、苦しいよ……カミル」

もうろうとした意識の中で、ヘルマの涙声が聞こえたのだった。

＊＊＊＊＊

【二〇四六年六月一日】

ようやく、例の能力者を見つけることができた。

世界中を探し回ったが、まさか生まれ変わりに干渉できる能力者が日本の古寺にいるとは想像もしていなかった。

連絡を取りつけると、話は聞くが引き受けるとは約束できないと返事が届いた。噂通り、引き受ける内容によっては、億の請求があるとも告げられた。

会ってもらえるだけでもありがたい。

光弥が、どこで、何に生まれ変わっているのか。

再会するにはどうしたらいいのか。

僕が長年探し続けた答えが、もうすぐ手に入るかもしれない。必ず能力者を説得してみせる。

もうすぐ、五十歳の誕生日がやってくる。

自分の誕生日は、光弥の命日だ。毎年誕生日は自分を呪って過ごした。

もともと目立つことが好きではないのに、誕生日パーティーの開催なんか承諾してしまったから、光弥が事故に巻き込まれたのだ……と。

光弥が生きていたら、毎年どんな誕生日を迎えていただろうか。

この光弥が用意してくれた日記帳も、光弥との思い出に溢れていたのだろうか。

【5】

使用人棟や庭園で、上級使用人たちとすれ違えば、眉をひそめて聞こえよがしに非難された。

「あの人よ、発情期にレイノルド殿下を惑わせて無理やり番になろうとしたオメガ」

「わざとらしく巣作りまでしたのに、結局、番にしてもらえなかったんだって。気に入られてはいるんだろうけど身分が違いすぎるもの。身の程知らずねぇ……」

発情期になって自室に閉じこもっていたはずが、なぜかレイノルドも一緒に過ごした——という事実が、いつの間にかカミルを「夜伽係のくせに殿下の番になろうと強硬手段に出た不届き者」にしていた。

一方で、レイノルドが発情期のオメガを闘争本能剝き出しで閉じこめる〝アルファの巣ごもり〟らしき行動を見せたことで、カミルに対してレイノルドが特別な感情を抱いているという噂も駆け巡った。そのおかげで部屋を荒らされるといった直接的な嫌がらせはなくなったのだが。

（発情はできないのに〝巣ごもり〟だけするものなのか？）

レイノルドはカミルの自然発情を目の当たりにしても、〝ラット〟という反応的発情には陥らなかった。しかしあれが〝巣ごもり〟だったとすると、アルファとしての本能は働いているということだ。

本能が衰えているせいで発情しないのだと思っていたし、おそらく周囲もそういう判断だったので、オメガのカミルを夜伽にあてがったのだろうが——。

(アルファとしての本能はしっかり機能していて、発情だけ、鍵がかかったみたいにできなくなっているのか……?)

裏手で洗濯物を運びながら、カミルの頭の中にはいくつもの仮説が浮かんでいた。

「カミル、気にしなくていいからね!」

ヘルマたち洗濯メイドが、王族のシーツなどをもみ洗いしつつ励ましてくれた。上級使用人の陰口を耳にした者もいるし、カミルが実際に咎められている場面に出くわした者もいて、カミルのぶんまで怒ってくれていたのだ。

「ありがとう、でも平気だから」

レイノルドがアルファとして発情できない、という王宮の一部の人間しか知らない秘密が広まらなかっただけでもホッとしているのが本音だ。

「夜伽係なんだし、その程度のことを言われるのは最初から分かってた」

自嘲気味に肩をすくめると、ヘルマがそっとカミルの頰を撫でた。

「夜伽係は悪く言われがちな仕事だけど、王族をお支えしてる名誉職なんだから胸を張っていいのよ」

真剣なまなざしの奥に、なぜか彼女の悲しみが揺れている気がした。

その夜、三日ぶりにレイノルドに呼ばれた。

いつものように準備をし、案内された私室で、レイノルドは机で何かを書いていた。

「出直しましょうか」

そう声をかけると「いや、いい」と書類とのにらめっこをやめて立ち上がる。カミルを案内してきた侍従が頭を下げて退室した。

何でもないような顔をしていたレイノルドだが、二人きりになった途端、ぶすっと不機嫌な顔を見せた。不機嫌というより、悪さをした後の子どもの顔だ。

「……怒ってるだろう?」

なぜだろうと首をかしげる。彼はカミルを部屋に閉じこめて逃がさなかったことを気にしていた。

「怒ってない。本当なら自然発情はいい発情を促す身体現象なんだから、進んで夜伽に来るべきだったんだし……結局、自然発情のフェロモンでも、レイノルドには効果がなかったけど」

もしかすると自分のせいではないか、ともカミルは思っていた。

レイノルドがオメガのフェロモンに反応して発情すれば、婚約者マリアンとの婚姻が正式に決まり、二人は晴れて番になる。心のどこかでそれが祝えなくて、祝えないどころか見たくなくて、自分のフェロモンの分泌が不足しているのではないか――と。

「発情か……」

またそれか、という顔でレイノルドがため息をつきながら、カミルの手を取ってベッドにエスコートする。最初はどうすればいいか分からなかったが、今ではずいぶん慣れてしまって、きちんとそれに応じられる自分に、カミルは成長を実感する。

レイノルドはカミルをベッドに腰かけさせ、隣に自分が座ると、こう切り出した。

「私は一生発情しない。それが呪いだから」

「呪い？」

突然宗教めいたことを言い出したレイノルドの顔をカミルは覗き込んだ。

「神殿にいたずらでもしたってことか？」

いや、と首を横に振り、レイノルドはカミルを抱きしめた。

「発情なんてどうでもいいんだ、こうして君を抱きしめられるだけで」

身体が密着すると、互いの心音が伝わってくる。

「でも……じゃあ俺は何のために雇われたんだ？」

ちゅ、と首筋にレイノルドの唇が触れる。「分からない？」と問われたのでうなずいた。

身体が離れ、レイノルドの手に両頰を包まれた。深い色のブルートパーズを思わせる瞳が、まっすぐこちらを射貫く。

「側にいたいから」

静かに、そう言った。自分だってそうだ、とカミルはうなずく。

「アルファとか発情とか、どうでもいいんだ。バース性なんかで縛らなくても人は結ばれることができる。僕の唯一の望みは、光弥――いや、カミルの側にいることだ。カミルだって、そう思ってくれているんだろう？」

本気だ、と分かった。

やはり先日のレイノルドの行動は、意中のオメガを発情期に閉じこめる〝アルファの巣ごもり〟だったのだ。そして自分も〝オメガの巣作り〟で、ばれてしまったのだ。レイノルドを好いてしまったことを。正確に言えば、好きになったのか、伊久馬のことを想って最初から好きだったのか、分からないのだが。

想い合っているからといって簡単に結ばれるわけではない。

自分は貧乏――貧乏から立て直しつつある宿屋の三男、相手は一国の第一王子、つまり未来の国王だ。

「それなら今の関係が理想じゃないか、側にいられるよ」

レイノルドが俺に飽きない限り、と心の中でつけ足して。

「確かに祖父――前国王陛下は十年前に崩御するまで、二十年も側に置いた夜伽係がいた。

それも一つの愛の形だろう。でも私は違う、カミル以外要らない」

「だってマリアン……さまとの婚約が……伴侶は彼一人だけだって」

以前立ち聞きしてしまったあの話は、レイノルドの本音ではなかったのか。

「誰がそんなことを言った？　私の伴侶は最初からカミルだけだ」

まるで、生まれる前から決まっていたかのような口ぶりだ。つい二ヶ月ほど前に偶然再会したというのに。

マリアンとの婚約は、幼いころに親同士で決められたことで、トラウゴットが宰相に成り上がったきっかけでもあったという。

「成人して、政務に携わるようになったら婚約破棄するつもりだったが、そのときには宰相が力を持ちすぎて難しくなっていた。マリアンが婚約者の立場を笠に着て、王宮で大きな顔をしているのも知っている。使用人を使ってカミルに嫌がらせをしていることも」

カミルの部屋を数回荒らした犯人は、突き止めてもう追放したとレイノルドは言った。マリアンに金をもらって、部屋を荒らしたりカミルへの悪意を増幅させるよう噂を広めたりしていたと自白したそうだ。

「息のかかった使用人が処分されたと知って、今ごろ彼は真っ青になっているだろう」

カミルは反論した。

「それでも破棄できないなら正当な婚約者だろう？」

もうすぐ破棄になる、とレイノルドは問題にしてくれない。

「尻尾は摑んだと言っただろう、もう少し待っていてくれと。明日から一週間ほど城をあけて隣国と交易の最終交渉に入る。そこで明るみに出るだろう」

いったい何のことを話しているのだ、とカミルが尋ねるが、レイノルドはカミルの手を摑んで自分の頰を触らせた。まるでごまかすように。

「カミルは知らなくていい、あと少しだ、あと少し……」

(まただ)

光弥だったころの記憶が蘇る。自分が知らぬまま過ごしていた伊久馬の真実が——。

高校時代に、伊久馬が自分以外とはほとんど口をきかなかったこと。

伊久馬が父親に自分との結婚の条件を尋ねていたこと。

彼が一途に自分を想っていたこと。

最初から知っていれば、伊久馬と婚約したときも「愛のない関係」「家名目当て」などと誤解せず、伊久馬に冷たく当たることはなかったのに。死に際まで、悔いて悔いて、こんな次の生にまで記憶を持ち越さずに済んだかもしれないのに。

「また、俺は何も知らないままなのか……?」

「カミル?」

カミルはレイノルドを突き飛ばした。相手のほうがかなり体格がいいので、さほど効いていないが、突き飛ばされた事実にレイノルドは傷ついた顔をする。

「俺はまた、何も知らないまま一人で勘違いして、怒ったり悲しんだりしているのか?」

事実関係の把握が甘いのは、光弥本人に責任があったというのに、こうしてまた相手のせいにして怒っている自分も、みじめだった。

本当は、ずっと伊久馬に謝りたいのに。何も知らず冷たく当たってごめん、と謝りたいのに。レイノルドから自分を伴侶に、と言われて嬉しいはずなのに。

また、彼の器の大きさに甘えて、混乱を怒りに変えてぶつけてしまう。

(光弥の記憶を思い出してから、どんなことにも対処できたのに、なぜ伊久馬の、レイノルドのことになると感情のコントロールが利かないんだろう)

レイノルドは王族としてしかるべき相手と番になり、国の頂に立つべきだ。伊久馬とやり直したい、幸せになりたい――。正論と本音が自分の中でけんかをする。

「すまない」

レイノルドが謝った。謝罪しなければならないのは、自分のほうなのに。

「今夜は……もう下がらせてもらえませんか、殿下」

殿下、とあえて主従関係を持ち出して、そう告げた。本来なら夜伽係がそんなことを望める立場にはないのだが、レイノルドといると冷静でいられない。頭を冷やして、一人で考えたかった。

レイノルドはうなずいた。だが覚えておいてくれ、とこう告げた。

「私は本気だ、君と伴侶になるために生まれてきた。そのためなら何だってする」

「……詩的な表現ですね」

王族になると口がうまくなるのだろうか。伊久馬は伝えたいことを飾り立てる男ではなかったのに。


翌日、レイノルド一行は隣国メテオーアとの交易交渉のため王都を出発した。デアムントの国境の町で会談するらしい。カミルはその一行の出発を陰から見守る——はずだった。

「一緒に見送りしないかい？」

声をかけてきたのはマリアンだった。父である宰相の見送りに同伴すると言い、遠慮したが半ば無理やり連れ出された。

宰相の後ろにマリアン、その後ろに自分——という順で馬車に乗り込むレイノルドを見送る。カミルに気づいてレイノルドは目を瞠ったが、馬車から一旦降りて、宰相やマリアンに一言ずつ何かを告げた。

「殿下が声をかけられるのは珍しいわね」

背後でマリアンの侍女たちの小声が聞こえる。

レイノルドはカミルの前に立った。

「……私の見送りは許すが、もう少し身なりを整えてくるように」

そう冷たく言い放つが、カミルには分かる。レイノルドの下瞼が小刻みに震えていたからだ。事情があって、冷たくしているのだ。

上級使用人たちが後ろで小さく笑っている。カミルは「申し訳ありません」とだけ答えて頭を下げた。

マリアンが気の毒そうに笑って、レイノルドをたしなめた。

「そう言わないであげてください、殿下。僕が無理に誘ったのですから。未来の側室候補にと思って——」

（側室……？）

マリアンの言葉に周囲がざわめいた。

「だって〝巣ごもり〟をされるくらい気に入っているでしょう、このオメガのこと。僕もそんなに心は狭くありませんよ、殿下」

レイノルドも初耳のようで瞠目している。

マリアンはカミルの腕にするりと手を絡ませ、こめかみを合わせるように側頭部を寄せてきた。

「僕たち、殿下の知らないところでお茶をして意気投合しているんですよ」

お茶はしたが意気投合はしたことがない、と思いながら黙っていると、宰相が笑いながらとりなした。

「カミルはしかるべき家の養子にして、マリアンとの成婚後に側室に上がらせましょう。あとはお任せを」

第一王子が夜伽係に〝巣ごもり〟を見せたことで、カミルに押し寄せた「発情でたぶらかした」などの悪評に、未来の正室が寛大な対応を見せた——と美談になりそうな場面だった。確かに絶妙な一手ではある。平民出身の人間でも、一度貴族の養子にしてラッピングして側室とした例は過去にもあるからだ。

不思議な感覚だった。嫁入り話のはずなのに、周囲が自分の意志などお構いなく勝手に話を進めていく。本来、王族や貴族にとって平民とはそういうものなのだろう。

しばらく黙っていたレイノルドが、トラウゴット宰相に是とも非とも取れぬ返事をした。

「私のことは私が決める、戻るまで何もするな。よいな」

全員が返事の代わりに頭を下げる。カミルも慌てて合わせるが、ほんの一瞬、レイノルドが耳打ちをした。

「警護をつけている、一人になるな」

顔を上げたときには、レイノルドはもうこちらに背を向けていた。

「出る」

行ってらっしゃいませ、と一同で送り出した。

第一王子の未来の正室が、カミルを側室にすることを認めた——という話は、予想通り王宮で瞬く間に広まり、自分と視線を合わせれば嫌みを口にしていた上級使用人たちが、慌てて姿を隠すようになった。

使用人棟の一、二階に住む下級使用人たちも一様に喜んでカミルを取り囲んだ。

「すごいわカミル、ご両親もきっと大喜びよ」

「こんなことってあるのねえ」

まるでもう決まったかのような騒ぎ方だ。

カミルはただぼんやりと「ああ」「うん」としか答えられなかった。

伴侶は自分だけだと言ってくれたレイノルド。

自分を側室として認めると公言したレイノルドの婚約者。

大出世だと喜んでくれる同僚たち。

周囲の反応に混乱していた。最初はただただ、伊久馬の記憶を持ったレイノルドの役に立ちたくて夜伽係になったはずなのに、勝手に好きになって落ち込んで、求められては浮かれて、レイノルドが何を考えているのか分からなくて激高して。

自分の気持ちも分からなくなっているが、分かったとして、それを主張していい立場でないことも分かっている。ただ、周りの言うがままに流されていくしか選択肢がないのだ。

側室になるということは、レイノルドと結ばれるということだ。ただ、唯一の伴侶ではないというだけで。彼の横にはマリアンが立つ。側室の自分は今日の見送りのように、マリアンの後ろに控える「二番目の伴侶」になるのだ。

平民としては大出世。社会的な自分の立ち位置では、それでも身に余る光栄なのだ。

(でもレイノルドはどう思ってるんだろうか)

自分を唯一の伴侶だ、と望んでくれた言葉に偽りはないはずだが、国がそれを許さないことも知っている。交易交渉に出発したばかりなのに、もう会いたくなっていた。

その夜、洗濯メイドのヘルマがホットミルクを持ってカミルの部屋を訪れた。

「今日ずっと心ここにあらずだったから心配になっちゃって」

もらったミルクをすすると、ほんのりと甘かった。少し砂糖を入れてくれたようだ。

「母さんが風邪のときに作ってくれていたホットミルクと同じ味がする」

あなたのお母さんと同じ年くらいだものね私、とヘルマが肩をすくめる。

「心配かけてごめん、自分がどうしたらいいのか分からなくて。肝心の殿下はどう思っているのかも分からないのに、どんどん話が進んで……」

不安を打ち明けると、ヘルマが背中をさすってくれた。

「殿下のこと、好きなの?」

そう尋ねられたのは、初めてのことだった。

「……特別だ。彼が幸せになるなら何だってすべきだと思ってる」

「そうじゃないのよ、あなたが、どうしたいのかってこと」

カミルはホットミルクをサイドテーブルに置いた。

「俺は望める立場じゃないだろ」

「実現できるかどうかは別として、思うのは自由じゃない」

思うのは自由、という言葉がカミルに響く。鍵をかけて閉じこめようとした感情が、じわりじわりと溢れ出る。

（そうか、思うのは自由なんだ）

ホットミルクの温もりが、カップを握っている手の平から身体中に広がっていく。

言ってもいいのかな、と逡巡（しゅんじゅん）しながら、口を開いてみた。

「レイノルドと、恋をやり直したい……夜伽とか側室とかどうでもいい。彼に好きだと伝えて、触れ合って、けんかして……一緒の人生を歩みたいんだ……」

目の奥がツンと痛くなる。泣きそうだ。

向かいでなぜかヘルマが一足先に泣いていた。まるで自分のことのように。

ヘルマはカミルの手を握って「私も同じ願いだったわ」とぎゅっと目を閉じた。

「私ね、夫と結婚したのは四十二歳なの。それまでは前陛下の夜伽係だったんだ」

前陛下を最後まで介護した夜伽係の話を思い出す。まさか、ヘルマだったとは。

男爵家の末娘で、二十二歳で陛下の夜伽係となったヘルマは二十年間、当時の国王陛下に仕え、崩御直前まで献身的な介護をしたという。

「夜伽係は長くて十年、年を取ればお役御免になって臣下や騎士に妻として下賜されることが多いのに、陛下は私を長く側に置いてくださったの」

崩御後、当時王太子だった現国王が、ヘルマが生活に困らないよう手配していたのだが、ヘルマは王宮での下働きを希望した。

「陛下との思い出の場所から離れられなかった。でも上級使用人たちは私の顔を知ってたから、名前だけ商家の養子にしてもらって平民となり、接触の少ない下級使用人として雇われたの」

幼なじみだった鍛冶職人の現夫が、事情を知った上でヘルマを受け入れ、結婚に至ったのだという。

思えば、ヘルマは夜伽係に必要となるバスルームを用意するようかけ合ってくれたり、「キスをしたら『好き』が後戻りしてくれなくなる」とアドバイスをくれたり、経験者だからこその行動を見せていた。

「ヘルマは幸せだったのか」

「つらいときもあったけど、どんな形でも一緒にいられたことは幸せだった。大切にしてくださったし、贈り物だってたくさんくださった」

でも、とヘルマは声を詰まらせる。

「……夜伽係は『所有物』なの。陛下の葬儀には、参列させてもらえなかった」

そこで気づいたのだという、自分は愛されていたのではなく愛玩されていたのだと。葬儀で逝去を悲しむ資格すら、与えられていなかったのだ、と。

「夜伽係に禁止されていた口づけも、陛下はこっそりしてくださったのだけど、私はそのせいで恋に落ちて、二十年片恋のまま夜伽係をしてしまったわ」

何度、陛下が身分も国も捨てて、自分を連れて駆け落ちをする夢を見たことか――とヘルマは少し笑って、顔をくしゃくしゃにして泣いた。

「ヘルマ……」

カミルは嗚咽を漏らし始めたヘルマを抱きしめた。頼もしくて母のような人だと思っていたが、その背中はとても小さかった。

「あなたの気持ちが分かるわ。所有物として扱われて、本当の意味で『添い遂げる』ことができなかった私には」

国王陛下を想い続けて夜伽をしてきたヘルマの言葉は重かった。

前国王が崩御して十年。ヘルマはいまだに、心の隙間が空いたまま。洗濯メイドとしてあえてこの王宮に残って働いているのも、まだ王宮の至る所に愛した人間の思い出が残っているからだった。

「自分がしてきたことを否定もできないの、幸せな時間もたくさんあったから。でも好きになればなるほど、欲張りな自分が大きくなって、夢を見てしまうのよ……私だけの大切な人にならない人なんだって」

まるで、自分の本音を浴びせられているようだった。

「残されたほうは、ずっと苦しみを抱えて生きていかなければならないと分かってはいるんだけど、それはあえて苦しい道を選ぶことになるから、カミルには自分の気持ちを一番に考えて選択してほしいの」

残されたほう——という言葉に、カミルは伊久馬を思った。

棺に収まった自分にキスをしてくれた伊久馬。自分を抱きしめてくしゃくしゃに泣いていた伊久馬。五十で死んだと聞いたが、彼の喪失感や心の傷は、いったいどれほどだったのだろうか……と。

「じゃあ残して逝ってしまったほうは気楽だな。一人で勝手に『いい人生だった』とか『悔いが残る』って振り返れるんだもんな」

ヘルマの涙を袖口で拭う。こうして、彼女の向こうに伊久馬を想いながら。

庭師長の弟子の一人が、手伝ってほしいと呼びにきたのは翌日の夕方のことだった。

苗木を大量に搬入したいが弟子たちに風邪が流行って人手が足りていないという。

「いいよ、殿下がいなければ夜伽係はただの暇人だからな」

空の荷車を弟子と二人で押して王宮を出ようとすると、一人の兵士がついてきた。カミルの警護だ、と告げられる。レイノルドが警護をつけたと言っていたので、つかず離れず見守ってくれていたのだろう。

しかし弟子が「すぐそこの苗木屋なのに……」と嫌そうな顔をするので、「すぐ戻ります」と告げ同行をやんわりと断った。すると新弟子のキラがひょっこりと現れる。

「じゃあ俺がついていってやるよ」

兵士の同行に眉根を寄せた弟子も「まあお前なら」と納得したようだ。やはり厳つい恰好の兵士は目立つのでついてきてほしくなかったのだろう。

使用人の出入りが許された門を出たところで花かごを持ったローブ姿の女性が「花を買ってくれませんか」と駆け寄ってきた。断ろうとしたが、女の顔を見て言葉を失った。

マリアンの侍女テレサだったのだ。テレサはカミルに小さな木材のようなもの握らせて、

「すぐ王宮に戻って」と小声で告げると身体を離した。

「残念、また今度買ってくださいね」

周囲に気づかれぬように握らされた紐つきのそれは、一見木彫りのペンダントのようだが、鞘つきの小刀だった。いったいどういう意図で持たせたのだろうか。王宮に戻れ、と

は——。

気づいていない弟子は「美形は言い寄られてつらいな」などとからかってくるのだった。

王宮で何か起きるのか、とカミルは思案しつつ、用を終えたら寄り道せずに戻ろうと決めた。

だが、十五分ほど歩いても〝すぐそこの苗木屋〟には到着しなかった。キラが荷車を押しながら文句をたれる。

「近いって言ってなかった？　もう疲れたよ、俺、現代っ子なんだよ」

キラの兄弟子に当たるその青年が「げんだいっこ？　変な単語だな」と首をかしげつつも彼をなだめた。

「もうすぐだ、あの路地を入ったところだ」

そう路地をさした指先が震えていて、弟子の顔には汗がびっしりと浮かんでいた。カミルは思わず手巾で彼の汗を拭いた。

「大丈夫か、お前も風邪もらってるんじゃないのか」

大丈夫だ、と返答する笑顔も引きつっている。路地を曲がったところで、弟子は立ち止まった。

気づくと背後に三人の男が立っていた。服装は職人のように見えるが、体格や雰囲気は傭兵(ようへい)のようにも見える。

「なんだ、物取りか」

先ほどテレサにもらった小刀で戦えるような相手ではなさそうだ。逃げようと弟子とキラに目配せするが、弟子は真っ青な顔で下を向いていた。

「ごめんカミル、おれ、母ちゃんが病気で……金が欲しくて。キラも巻き込んですまない……！」

ドッ、という音とともに目の前が真っ暗になった。三人の男に気を取られていたが、反対側にも何者かがいて挟み込まれていたようだった。直後、薬のようなものを飲まされる。

一人になるな、というレイノルドの忠告は、心配性なだけではなく何かの予感があったのだろうか。そしてテレサの忠告も――。地面に倒れ、頬で砂利を感じながら、カミルは遠のく意識の中でそう思ったのだった。


目覚めると、視界に靴が飛び込んできた。しかも自国のものではなく、カラフルな幾何学模様だった。自分が倒れている床には、厚みのある絨毯が敷かれている。

「起きたかな」

見覚えのある褐色肌の中年男性が椅子に座ってカミルを見下ろしていた。レイノルドの誕生日にガーデンパーティーで挨拶した、メテオーアの使者だった。

「薬が効きすぎて丸二日も眠らせてしまったが、寝顔も美しいものだ」

褒められているが、両手首が縄で拘束されている事態に、今自分が非常にまずい状況であることは理解できた。

「ここは……」

痛む首を押さえて呻くと「おはよう、カミル」と聞き覚えのある声がした。

自分を挟んで使者の向かいにはトラウゴット宰相がワイングラスを片手にくつろいでいた。立派な屋敷の応接室のようだった。

トラウゴットは使者に視線を移し、饒舌(じょうぜつ)に説明した。

カミルが、第一王子の夜伽係を務めて頻繁に呼ばれていたこと、気に入られ側室候補となっていたこと――。

「それは素晴らしい、いい値がつきましょう」

使者は満足そうに何度もうなずいた。

「値がつく?」

理解できずにいると、トラウゴットが口の端を引き上げた。

「まさか本当に側室になれるとでも? お前は本国最初の輸出奴隷になるのだよ」

奴隷、と聞いて血の気が引いた。以前レイノルドがメテオーアとの交易条項について、奴隷の輸出入は禁止とする――と話をしていなかったか。

「奴隷は……禁止項目になるんじゃなかったんですか」

「ん？　殿下から聞いていたか？　そんなこと私がさせるわけがないだろう、デアムントの肌の白い女やオメガを売ることで、どれほど金が入ってくることか」

だから、最初にメテオーアとデアムント王家との間を自分が取り持ったのだ、とトラウゴットは明かす。

「平民で見目が麗しく、王家のお墨つきを得たお前は、恰好の打ち上げ花火だ。メテオーア内にある奴隷制度反対派の声も、お前の評判でかき消されるだろうよ」

どこに買われるだろうなあ、メテオーア王家だったりしてな、などと楽しそうにワイングラスを揺らしている。

「最初に王子の夜伽係となったときからお前の運命は決まっていたんだよ、王子が気に入れば気に入るほど、お前の奴隷としての価値は上がるんだから」

マリアンがカミルを側室に迎えることを提案したのも、カミルに奴隷としての付加価値を増やすための方便だったのだ。

「今締結交渉が始まったばかりなのだから、俺の取引は違法じゃないのか」

「現国王が取り決めた仮締結時に、本締結までは試験的に少量の交易を認めることになっているんだ。そこに奴隷の禁止項目はない。国王が伏せって、レイノルド殿下に気づかれてしまったことが計算外だったが」

「そんなこと殿下が許すわけがない。奴隷が禁止条項になければ締結なんてしないはずだ」

そうでもないぞ、とトラウゴットが不敵な笑みを浮かべた。

「永遠に知性を奪う薬物入りの茶を飲んだ状態で、奴隷の輸出入に反対できるかな？」

指先から血が引いて冷たくなっていくのが分かる。デアムント領内の条約交渉会場にいるレイノルドの思考を停止させて半ば強制的に締結、その後傀儡とするつもりなのだ。

メテオーアの使者がグラスのワインを飲み干してほくそ笑む。

「私もずいぶんと無茶をして交易条約締結を押し進めた甲斐がありました、こんな素晴らしい贈り物をいただけたのですから」

贈り物とは、もちろんカミルのことだ。ガーデンパーティーで引き合わせたのは、このための品定めだったのだ。実質、カミル自身がトラウゴットによるメテオーア側への賄賂になったのだ。

「心配しなさんな、カミルとやら。大切にしてくれる富豪か王族に売ってあげよう」

使者がカミルの顎を指で持ち上げ、うっすらと笑っていた。

「大粒のダイヤを掘り当てた気分だよ」

怒りで身体が震えた。自分が売り物にされたこともそうだが、何よりレイノルドを騙して裏切っていることに。

「こちらもありがたいのです。カミルを引き受けてもらうことで、息子のマリアンに王子の寵愛が向いたように工作できますからね」

　使者が「持ちつ持たれつですな」と高笑いした。

　カミルはメテオーアの兵士に連れられて、地下牢に入れられた。換気用の小窓が三か所ほど開いていて、そこから差し込む陽光で何とか部屋の中が見えるような状態だった。

　牢には、四人の男が両手を拘束された状態で座り込んでいた。

　肌が浅黒いのでメテオーアの人間のようだった。一人だけ、黄味の強い、象牙色をした肌の男がいた。庭師長の新弟子、キラだ。自分を誘拐する場に居合わせてしまったので捕らわれたのだろう。ネックガードをつけているためオメガとばれて、一緒に売り飛ばされそうになっているのかもしれない。

「あっ、来た来た。よかった無事だったな」

　キラは、こちらを見て手を振った。怯えているかと思いきや、明るく振る舞っている。他の三人は膝を抱えてしゃがみ込んだり、横になって目を閉じたりしていた。

「キラ……ここは」

「見ての通り、奴隷オメガ用の牢だよ。俺たちは売り物になるみたいだな」

　売られる割には、なぜか語尾が上がっていて遠足にでもいくような口調だ。

　キラはカミルが来るまでに、同じ牢のオメガたちに聞き込みをしていたらしく、得た情報を教えてくれた。

ここはメテオーア国内にあるデアムントとの国境の町で、名のある貴族の屋敷なのだそうだ。レイノルドが交渉のために滞在している町を通りすぎ、すでに国境を越えていたことにショックを受ける。

キラ以外のオメガたちは、どこか魂を飛ばしたような顔つきで一点を見つめている。どうにか出られないかと話しかけるが「無駄だよ」「諦めたほうがいい」など首を横に振る。

「どこの家でもオメガは邪魔者で貧しい家じゃ口減らしの対象だ、発情期中の具合がいいから、玩具として売り買いされるだけだよ」

奴隷制度の許されたメテオーアでは、オメガの立場は劣悪だった。

牢の見張りも、食事を持ってきては自分たちに悪態をついた。悪態だけならいいが罵声を浴びせられることもあった。それでもオメガたちは黙ってうつむいている。

悔しくないのか、と聞くと「それは俺たち以外に許された感情だよ」と諭された。

キラがカミルに教えてくれた。

「幼いころから奴隷のオメガたちは、こうやって心を殺さないと生き延びられないんだよ。一つでも言い返してみろ、その場で殺されちまう。奴隷一人が死んだって何の問題にもならない、制度上は〝物〟だから」

カミルはキラに、空気孔から外を見るよう促される。柵の向こうには街の賑わいが見えた。その中でも驚いたのが、人間が首輪と鎖でつながれている光景だった。

「奴隷だよ」

そのほとんどが、オメガなのだという。

人間が犬のように首輪や鎖でつながれていることも、周囲の人間は日常の光景なのか当たり前のようにすれ違い、目もくれない。

デアムント王国がいかにオメガに対する扱いを改めてきたのか思い知る。

いまだにオメガに対する蔑視はあるものの、この数年で人権は劇的に保証されたのだ。そしてそれが、どれも病に伏せっている国王の代わりに指揮した、第一王子レイノルドの功績だということも――。

今の自分の状況も危ういが、カミルはレイノルドのことこそ気がかりだった。

交易交渉に向かったレイノルドが、トラウゴットの言うように薬を盛られて締結を迫られているとしたら――。

現地到着までに二日かかると言っていたので、遅くとも今日から交渉は始まっている。

薬物入りの茶を飲んで危険な目に遭うレイノルドを想像して身体を震わせた。

(逃げ出して、早く知らせないと)

神様、レイノルドを守ってください――。信心深くもないのに、思わずそう願ってしまう。知らずに口に出していたのか、キラが反応した。

「そうかそうか、そんなにレイノルドが大事か。ということは、もう前世の記憶は思い出うか。

ずっと秘密にしていたことを、さらりと尋ねられてカミルはどう答えたらいいか一瞬迷った。前世のことを知っているということは、レイノルドとつながっている人物なのだろうか。

「もしかしてキラも？」

「ああ、俺、日本人な！　レイノルドが元婚約者のお前を夜伽係にしたところまでは知ってたんだけど、お前が日本人だったころの記憶を取り戻してることまでは知らなくて、言い出せなかったんだ」

荷車を押して歩いた際に「現代っ子」とこの世界にはない単語を口にしていた理由がようやく分かる。

「じゃあ王宮の庭師長の弟子になったのも、レイノルドの依頼で？」

「そんなところだよ、もう金ももらってるし」

やはりレイノルドがカミルを案じて、護衛の一人として配置してくれていたようだ。

聞くと、キラは日本で長く僧をしていたらしい。

レイノルド以外の〝前世持ち〟――と呼ぶのだそうだ――と会えてカミルは気が緩んだのか「どこまでレイノルドから聞いているかは分からないけど」と前置きして、レイノルドとの前世での関係を打ち明けた。

してるんだな？」

「で、せっかく前世の婚約者と再会できたのに、悪い奴らのたくらみで奴隷にされそうになってるんだな？」

「宰相に売り飛ばされたみたいだ……それに再会できたと言っても、レイノルドには婚約者がいたし、側室にするようなことも言われたし」

ふーんそうなんだ、とあまり興味なさそうに受け流される。もう少し同情してくれてもいいのに、とカミルは口を尖らせた。

「あのさ、湯浅伊久馬ってさ、事故死なんだぜ」

キラは突然、そんな話題を振ってきた。ゴシップ誌やワイドショーのニュースなどを中心に得た情報で、伊久馬の死の真相について教えてくれたのだ。

日本のトップ企業にまで育て上げたＤＸコンサルティング会社を、伊久馬はあっさりと後進に譲り、五十歳になる手前で経営の場から姿を消した。それ自体も経済界では様々な憶測が飛び交うニュースだったが、その数ヶ月後、車で崖から転落して死亡したのでさらに大騒ぎになったのだという。

突然の引退と謎の事故死で、マスコミがかなり嗅ぎ回った。伊久馬が何十年と霊能力者を訪ね歩いていたことから、一部週刊誌の報道では「オカルトに傾倒していた湯浅社長の謎」などと書き晒された。引きも切らない縁談を「自分の伴侶は一人だけ」と断り続け、反魂などの妖しげな書物も集めていたことなどが暴かれ、二十代で死んだ婚約者を蘇らせようとオカルトに傾倒し、精神を病んで自死したのではないか——などと書かれていたという。

「自死……そんな……」

『光弥を失ったのはつらかったが、それなりに得たものもあったかな。五十歳で死んだよ』

そう言っていたので、結婚もして子どももいたのだろうと勝手に思っていた。自分のいない人生を歩んだ伊久馬に複雑な感情すら抱いて。

ふと、あのときの言葉を思い出す。

『それに光弥が死んで二十五年も生きたんだぞ、むしろ長すぎたよ』

五十歳で死んだ人間が、長く生きすぎたなどと言えるだろうか。

残されたほうは、苦しみを抱えて生きていく——。

ヘルマの言う通りなら、キラが言う報道内容が本当なら、伊久馬は自分の死後二十五年も苦しみ続け、何とか再会しようとあがいていたのか。

「それでおかしくなって、自死を……？」

レイノルドは自分が発情できないことを「呪い」と呼んでいた。

「自死したから、自分に呪いがあるって言ってたのかな」

キラは鼻歌を歌いながら「さあ」と肩をすくめて、カミルのポケットに触れる。

「何かいいもん持ってるな？」

「金なんかないぞ」

いやいや、とキラが拘束された手で器用にポケットから取り出したのは、小刀だった。マリアンの侍女テレサが持たせてくれたものだった。ペンダントに見えるため、刃物だとばれなかったのだろう。

(マリアンやトラウゴットの計画を知ってこれを……?)

キラが鞘を口に咥えて小刀を抜くと、カミルの手首の縄を切る。両手が自由になったカミルは、今度はキラの手首の縄を切った。

「さて……どうする？　光弥、いやカミル」

「もちろん、何とかして逃げ出すよ。レイノルドが危ない」

違うんだ、とキラはカミルの肩を摑んだ。

「お前はレイノルド——伊久馬とどうなりたいんだ？　あいつのことを忘れて新しい人生を歩むこともできるし、その権利はある。ここで大人しく売られてもお前なら好待遇で貴族か王族に抱えられるし、伴侶にしてもらえるかもしれない」

笑みが絶えなかったキラが、カミルを試すように見つめた。

「レイノルドを、伊久馬を忘れるなんて想像もしなかったな……そうか、そんな選択肢もあったのか」

でもいいや、と首をかしげてみせた。

「光弥として死ぬとき、ひどく後悔して、やり直したいって願ったから、神様がチャンスをくれたのかもしれないしな」

再会したときは罰だと言っていた自分が、今は不思議に思えた。生まれ変わって別々の人生を歩むはずだったのに、また交差したのだ。こんな幸運があるだろうか——と。

「そうだな、お前はラッキーだと俺も思うよ」

ガタン、と地下室の扉の音がしたかと思うと、メテオーアの使者が、若い褐色肌の青年を連れて牢の前に立った。

「こちらでございます、殿下」

体格のいい青年で青の帯を巻いていた。キラがカミルに耳打ちをする。

「青の帯は現王の二親等。おそらく王弟だ、若いから末の弟だろう」

使者が殿下と呼んだ青年は、カミルを舐めるように見た。

「お前の言う通りだな、美しいオメガだ」

檻(おり)の間からこちらに手が伸び、カミルはぎゅっと目を閉じた。さらりと髪に触れられると全身に鳥肌が立った。これがキラの言う「新しい人生」ならなおさらごめんだ。

青年が立ち上がって「すぐにもらおう、言い値でよい」と使者に告げる。檻が解錠され、見張りがカミルに手を伸ばしたところで、カミルの拘束が解けていることに気づかれた。

その瞬間、キラがカミルを抱きしめて騒いだ。

「お願いです、生き別れの弟なんです、せっかく再会できたのに引き離さないでください！」

カミルは一瞬驚いたが、キラの演技に合わせて嘘泣きをした。

「兄さん、怖いよ……俺、兄さんと一緒じゃないと舌を噛んで死んでやる……！」

わあわあと泣いてみせるが、キラが小声で「もっとマシな演技しろ、大根め」と罵る。

使者がカミルたちを引き離すよう見張りに命じるが、王弟らしき青年が「よい、よい」と止めた。

「肌の色が違うようだが異母兄弟か？　二人とも引き取ろう、一人くらい奴隷が増えても構わぬ」

この国の権力者はいったい何人の奴隷を所有しているのか——カミルはぞっとしながら、キラと腕を組んで牢を出た。

「お部屋を用意しておりますので、今夜はどうぞお楽しみください。この二人は奴隷としてはしつけされておりませんので、その点ご注意を……」

使者はカミルとキラを豪奢な客間に放り込んだ。王弟らしき青年も、続けて入室し内鍵をかけた。

「オメガにやられるわけがないが、逃げようとしても無駄だぞ。部屋の外では私の兵が見張っている」

キラに先ほど指示を受けた通り、カミルは怯えたふりをしてキラに抱きついていた。キラもカミルを守るように抱きしめている。

「オメガの抱き合わせも悪くない、さあ顔を見せよ」

キラが耳元で「今世で一番の可愛い顔で目をウルウルさせろ」と難しい指示を出す。

カミルは涙目で青年を見上げ、何度も大きく瞬きをしてみせた。心の中で捨てられた子犬をイメージしながら。

一瞬、王族らしき青年の動きが止まった隙をキラは見逃さなかった。自分のベルトを彼の腕に巻きつけると、背後に回って口を塞いだのだ。

「ンーッ」

暴れようとしている青年を羽交い締めにして、キラが叫んだ。

「今だ、蹴り上げろ！」

カミルの足がサッカーボールをそうするように、青年の股間を蹴り上げる。泡を吹いて倒れている間に、二人で窓から脱出した。これほど顔がよくてよかったと思ったのは初めてのことだった。

街の外まで出たところで、キラが立ち止まる。

「この荒野を越えれば、デアムントだ。あとは一人で行けるな？」

「キラは？」

「俺は俺んちに帰ります」

俺んち、とは出身地の東国のことだろうか。

「庭師長が心配するぞ」

「いいんだ、俺のことはすぐ忘れるようになってるから」

首をかしげるカミルに、キラが「レイノルドのいるデアムント側の町に危険を知らせにいくんだろ、早く行け」と急かした。

キラに礼を告げて駆け出したが、数歩進んだところで呼び止められた。

「知ってると思うけど、どの世界でも呪いを解くのは、王子や姫のキスなんだぞ」

先ほどからキラの言っていることがうまく嚙み砕けない。カミルは考えるのをやめて、また駆け出した。

「たまにいるんだよな、生まれ変わっても一途なやつら」

そんな声が聞こえた気がして振り返ったが、もうそこにはキラの姿はなかった。

＊＊＊＊＊

【二〇四六年七月十四日】

明日、ついに計画を実行する。

生まれ変わりに干渉できる能力者は、古寺の僧だった。噂通り見た目は青年。

僧によると、光弥はこことは全く違う世界に生まれ変わっているのだという。話をかいつまむと、大いなる存在がたまに魂を循環させているので、同じ世界に生まれ変わらないことがあるという。光弥はその循環する魂に選ばれてしまったのだそうだ。

これまでの敬虔な能力者とは違い、僧が一番うさんくさかった。僧のくせに、奥の戸棚に酒瓶が並んでいた。

だが話す内容は一貫していて、どう尋ねてもぶれがない。信用できる内容だった。

僕の事情を聞くと、しばらく悩んでから「三億もらうし、あんたは一回死ぬけどいい？」と聞いてきた。喜んで出すし、喜んで死ぬ、と答えた。

明日の計画は、僧に転生の術式を施してもらった後、光弥と同じ条件で死ぬ、つまり、光弥が死んだ日に合わせて事故死する——ということだった。

光弥が何に生まれ変わっているのかは、もう聞かなかった。光弥と伴侶になれる立場に生まれ変わらせてくれ、とだけ頼んだら、さらにもう一億請求された。

一つだけ念を押されたのは、ペナルティがあるということだった。

大いなる存在に干渉するということは、理をねじ曲げるということ。そのぶん、転生した先で僕が何らかの呪いを受けるだろう、ということだった。光弥を失った今の人生そのものが呪いのようなものだ、恐ろしくも何ともない。

生まれ変わった光弥に、光弥としての記憶があるかは保証できないと言われた。それは大いなる存在次第なのだそうだ。

生まれ変わって出会えたら、やりたいことがたくさんある。

肩書きや家名に遠慮して本音をあまり彼に伝えられなかったぶん、自分の想いを伝えたい。側にいて、くだらないことで笑い合いたい。生きている寝顔にキスをしたい。僕の誕生日を幸せな記憶に塗り替えたい。

早朝から儀式が始まるため、寺に最も近いホテルでこの日記を書いている。

朝は五時に起きて、僧――吉良(きら)のもとへ。

【6】

どれくらい走っただろうか、ついに靴が壊れて、裸足(はだし)になってしまった。

草木もほとんど生えていない一帯は、まさに不毛の地と呼ぶのにふさわしい光景だった。

足の裏が傷だらけになり、もう痛みを超えて熱さしか感じない。

(レイノルド、レイノルド)

国境についたら、すぐ警備兵に伝えて、伝令の鷹(たか)を飛ばしてもらおう。その身が危ないから、交渉の場では何にも口をつけず王宮に引き返すように――と。

荒野をしばらく走ると、赤い平野が眼前に広がった。

(エリカの花だ)

どんな過酷な荒野でも花を咲かせるエリカの花が、一面に広がっていた。庭師長が、自分をこの花に例えていたことを思い出す。

強さは美しさだ、と教えてくれた。

エリカの花は、確かに強さの中に美しさがあった。誰も世話をしてくれない、他の植物はいないこの荒れ地で、これほどまでに美しく花を咲かせるのだから。夕日を浴びてエリカはさらに赤く咲き誇っていた。

（でも俺はエリカにはなれない）

一人では生きられない。レイノルドが――伊久馬が側にいなければ、もう生きている意味がない。

伊久馬が死後も、自分と再会する方法の模索に生涯を費やしたことを知ってしまった今「伴侶は一人だけ」とは、本当にカミルのことだったのだと思い知る。

もう失敗したくない、と思っていた。失敗した後悔にさいなまれて生きるのはもう嫌なのだ、と。

しかし、失敗を後悔していたわけではなかったのだとカミルは気づく。

（レイノルドと、伊久馬と、幸せになりたいんだ。素直になって、恋をやり直して、俺は幸せになりたい。エリカのように一人で咲いてたって意味ないんだ）

何が罪滅ぼしだ、と自分を罵った。婚約者がいると分かった途端、わきまえたふりをして自分を偽った。

本来自分は、感情的でわがままな人間なのだ。難なくこなせる人間ではなく、レイノルドの前で見せるような、感情の制御が下手なダメ男なのだ。

遠くに国境の検問所が二つ見えてきた。左手がデアムントへの入国――つまりデアムント側の施設で、右手がメテオーアへの入国――メテオーア側の施設だ。

安堵（あんど）しかけたところで背後から馬の鳴き声がする。「いたぞ」と叫ぶ男たちの声。きっとメテオーアの使者か、自分を買おうとした王族の追手だろう。

隠れる岩も木もない荒野だからこそ、すぐに見つかってしまう。あと数百歩走れば、国境の検問所だというのに。

カミルは力を振り絞った。足裏はきっとボロボロだ、確認する勇気もない。

（お願いだ、レイノルドに危険を知らせるだけでも……）

カミルはデアムントの検問所に向かって叫んだ。

「誰か！　助けてくれ、殿下が、レイノルド殿下が危ないんだ」

検問所の憲兵が顔を出すが、狼狽えている。勝手に国境を越えれば彼らも捕まってしまうのだ。

背後から馬蹄音がどんどん近づいてくる。

「捕らえろ、逃がさんぞ！」

激高した男の声がすぐ側で響き、振り返ると馬上からこちらに手が伸びていた。

（もうだめだ）

目を閉じた瞬間、別方向から胸元に腕が巻きついて、ふわりと身体が浮いた。追手に挟み撃ちにされていたのか――。

「カミル！」

走りすぎておかしくなったのか、幻聴が聞こえた。

レイノルドの声がするのだ。

「はは……俺、どれだけレイノルドが好きなんだよ……捕まってまで幻聴なんて」

何もかもを諦めて脱力する。

「私のほうが重症だ、カミルの幻覚を見るくらいには」

ん、とカミルは不思議に思う。自分を背後から抱き上げている追手が、まるでレイノルドのように喋っているのだ。

「目を閉じていろ」

そうレイノルドの幻聴に命じられ、カミルは思わず目を閉じる。

何かがキリ……と音を立て、ビュッと何かを放つ。それが数回繰り返され、複数人の男の呻き声や遠のいていく蹄(ひづめ)の音が聞こえた。

ふわりと鼻腔(びくう)をくすぐる雄の香りが、カミルを確信に向かわせる。

(そんな、まさか)

「カミル、もう目を開けていい」

呼吸を整えながら、低い声がそう促す。

(こんなところに、いるはずがなくて)

カミルはおそるおそる目を開ける。

自分を馬上で抱いていたのは、レイノルドだった。

それが幻覚ではない、と確信した理由は、彼が今までに見たことがないほど、土埃にまみれ髪もぼさぼさで、乱れた恰好だったからだ。

追手は、と周囲を見渡すと、矢の刺さった二人が地面でうずくまっていて、遠くに二人、逃げていく背中が見えた。レイノルドが退治してくれたようだ。

「無事でよかった、カミル、しかしああ……この足は……」

レイノルドがカミルの血だらけの足を見て、自分が傷ついたような顔をする。

カミルはお構いなくレイノルドの首に腕を回して抱きついた。ずっとこうしたかった。立場をわきまえず、レイノルドの後に続いた騎士たちの目も気にせず。

「レイノルド……、いや伊久馬……ごめん、ごめんなさい！」

カミルはワーッと泣き叫んだ。自分が一番レイノルドに伝えたかった言葉だった。

レイノルドが驚いて狼狽えているが、カミルは構わずまくし立てた。

「伊久馬に大切に思われていたのも知らずに冷たく当たって、罵声ばかり浴びせて、俺はずっと後悔してたんだ。ずっと、ずっと、謝りたかったんだ」

レイノルドがカミルの身体に腕を回し、力一杯抱きしめてくれた。ふわりと香る、レイノルドの汗の香りに、カミルは帰ってきたのだと実感する。

「俺、やり直したい。今度こそ、伊久馬との恋をレイノルドとやり直したいんだ」

身分が違いすぎるのも分かっている。形がどうであれ、彼との再会が奇跡のようなものなのだ。この幸運を逃しては、また一生後悔を抱えて生きることになる。

「カミル……私は、やり直すつもりはないんだ」

レイノルドはそっと身体を離し、カミルの頬を指で撫でた。胸がずきりと痛んで目頭が熱くなる。だがとっさに言い返した。

「俺、振られても諦めないから。いくら王子だからって」

振るなんて、とレイノルドが破顔する。

「やり直すつもりはない、君と恋の続きをするために私は生まれてきたというのに」

恋の続き、という言葉が胸にじんわりと広がっていく。

カミルの目からぼたぼたと涙が落ちた。走りすぎて喉がカラカラだというのに、まだ泣くだけの水分があったようだ。

湖に沈んだアメジストみたいだ、とレイノルドはその涙を指で拭った。

ならば土埃にまみれたレイノルドの瞳は、砂漠に隠されたブルートパーズだ、とカミルは思った。

お互いボロボロで、土埃や砂まみれ。ロマンのカケラもない荒野だけれど、沈みかけた夕日が、好きが溢れた顔を横から照らす。

「やり直す？　続きをする？」

カミルが二択を迫ると、レイノルドがうーんと考えて、こう答えた。

「ひとまず、キスをしてから考えようか」

唇が勝手に重なった。触れた瞬間、ずんと身体が重くなり、自分が生きている実感が湧く。背中に回されたレイノルドの手の熱が、じわりと自分に広がっていく。

ちゅ……と音を立てて唇が離れるが、また寂しくなってくっついた。

何度も、何度も、キスがしたい。大切なものを通い合わせている感覚は、もしかすると交接以上のような気もする。

『キスをしたら「好き」が後戻りしてくれなくなるの』

ヘルマの言葉を今ようやく理解した。

(もう後戻りなんて)

ずっとこうしたかったのだ、と光弥が泣いている気がした。伊久馬をなじって拒絶した光弥は、アルファ性や家名による薄っぺらなプライドが邪魔をして意地になってしまっていた。それをカミルに持ち越して、棚卸しできないまま「悔いている」と曖昧なラベルをつけていたけれど、本質を辿れば、ただ、好きだっただけなのだ。

「光弥のときも、何かのはずみででも伊久馬とキスしてたら、素直になれてたのかな」

自分の内側をさらけ出すのは、拒絶されるリスクを思うと勇気が要る。しかしそのぶん、受け入れられたら絶大な安堵と幸せをもたらす。あのころの光弥に——自分に教えてやりたいと思った。

レイノルドは「でも私は知っていたよ」と言った。

「光弥が伊久馬を好きだったこと。自分の気持ちが整理できないなんて、アルファって存外バカだなって思ってた」

カミルは、口をぱくぱくとさせるしかなかった。

「バ……バカって……」

「本当に拒絶されてると思ってたら、ここまで追いかけてこない」

「そうだな……よく交渉の場からこんな短時間で」

いや、そういう意味じゃないけど……と言って、レイノルドがまた口を塞いだ。

離れがたくてまだ唇を吸い合っていると、ふわりと花の蜜のような香りがした。エリカの花の香りだろうか。思いきり嗅いでみると、ドッと心臓が大きく飛び跳ねた。

「あ、あれ」

ドッドッドッ、と心臓が規則正しく、けれど大きく速く拍を刻む。唇を離してレイノルドを見ると、彼は顔を真っ赤にして浅く呼吸をしていた。

どんどん濃くなっていく蜜の香り、比例して反応するカミルの身体――。

レイノルドと視線が合う。どろりとした情欲が流し込まれた気がした。

「まさか、レイノルド……」

カミルの言わんとしていることを理解し、息苦しそうにうなずいた。

「アルファのフェロモンが……分泌されているみたいだ……これが、そうなのか」

雨水を溜めたダムが放水するように一気に放たれたフェロモンは、カミルを酩酊させるには十分な量だった。

そうして気が遠くなり、そのまま魂が抜けたようにブツンと意識が途切れたのだった。

次に目を覚ましたときには、レイノルドの私室にいた。

二日も眠っていたと言い、裸足で荒野を駆けて傷だらけになった足の裏は、王宮専属の名医が丁寧な処置をしてくれたおかげで、膿むこともなく快方に向かっていた。

平民のカミルだったからこそ、と医師は告げた。「貴族の令息令嬢なら、そもそも裸足では数歩も歩けなかったでしょうから」と。幼いころから粗末な靴や裸足で駆け回っていたからこその、逃走劇だったのだろう。

トラウゴットはマリアンとともに拘束され、投獄されている。メテオーアとの交易はいったん白紙に。またカミル誘拐の一件から、メテオーア国内でも奴隷制度の撤廃を訴える貴族や議員が増え、現在制度見直しの議論が進んでいるという。

トラウゴットは、メテオーアの奴隷制度推奨派と手を組んでいたことを当初は否定していたが、カミルの証言と、王子を傀儡とする計画の書簡、そして締結の場で捕らえた実行犯の自白が揃ったことで罪を認めた。

　計画の書簡を手に入れたのは、レイノルドの密偵であるテレサだった。

　レイノルドの命でマリアンの侍女として潜り込んでいたテレサは、カミルの誘拐計画も察知し、交易交渉会場に到着したばかりのレイノルドに鷹を飛ばして知らせた。自身は密偵だと明かせないのでカミルに警告して小刀を渡したのだった。

「マリアンさまの侍女でいるために、意地悪もたくさん言ってしまい申し訳ありませんでした」

　足の傷がほとんど塞がり痛みが治まったころ、レイノルドの私室で療養していたカミルに、テレサが謝罪にやってきた。

「そんな私にも優しくしてくださって、さすがレイノルド殿下がお選びになった方だと感動しておりました」

　聞けばマリアンに、カミルを貶める発言をするよう具体的に指示されていたのだという。

　カミルを激高させて、自分に不敬を働くように煽れ——と。

「俺のほうこそ、危険を知らせてくれたのにぼんやりしててごめん」

　あのとき、テレサのメッセージに気づいていれば、誘拐されることもなかったのだ。

　テレサが退室すると、今度はレイノルドがあらたまって謝罪した。

「私も黙っていたことを謝らなければならないんだ」

宰相となったトラウゴットが、メテオーアと水面下で十年以上接触していたことを知っていて、マリアンとともに尻尾を摑むために泳がせていたのだという。

「締結の場で私を狙うことは分かっていたが、まさかカミルを最初の輸出奴隷として目をつけるなんて想像もしていなかった」

危険な目に遭わせたのは自分の読みの甘さだ、と。

カミルは、何も知らされていないことに腹を立てていた自分を恥じた。

「俺のほうこそ……あんなことで怒ってしまって。俺が知り得ていい領域じゃなかったのに。誘拐されて自分をよくよく反省したよ」

そこでカミルはふと、キラのことを思い出した。

「そういえば、一緒にさらわれた庭師長の弟子に脱出を助けてもらったんだ。日本人の記憶を持ってる――」

レイノルドが手配した人物なら説明は不要だろうとキラの説明を省き、彼から伊久馬の死について聞いたと打ち明けた。五十歳での事故死は実は自死で、死んだ光弥を蘇らせようとオカルトに傾倒した末の行為だった――というゴシップ誌の内容を。

「きっと大げさに書かれたんだろうけど、俺の死んだ後もずっと苦しんでたんだろうなって。だから神様がきっと俺たちを出会わせてくれたと思ったんだ」

レイノルドは咳払いをして「私は極めて冷静で、頭がおかしくなったわけではないという前提で、話を聞いてくれ」と告げて、打ち明けた。

「そのゴシップ記事はほぼ真実だ」

えっ、とカミルの手からテレサのお見舞いのクッキーがぽろりと落ちる。

「霊能者、占い師、イタコ、魔術師、神職、僧——あらゆる能力者を渡り歩いて、何とか光弥を降霊できないか試していたんだ」

そうするうちに違う世界に転生したと知らされて、自分も追うしかないとその能力者を探し当てたのだという。

「四億円払って、最後に追加料金まで取られたが、またこうして会えたんだから安い買い物だった」

「よんおく……」

ただ、自然の流れに任せた転生ではないので、ペナルティもあると告げられていたという。それが発情できない呪いだった。

ふわりと蜜の香りが漂う。レイノルドのフェロモンの香りだ。

「その呪いも、なぜか解けてしまった」

ベッドに腰かけているカミルに、レイノルドがキスをする。するとまたフェロモンが濃くなった。

「すごい香り」

「自分では分からないけど、もしや……くさい？」

甘いよ、と告げると、レイノルドも鼻をスンと鳴らした。

「カミルのフェロモンも甘口のワインみたいな香りがする」

「え、今？」

「私がずっとカミルに欲情しているから、共鳴したんだろうか」

「俺の怪我が治るまで、ずっと我慢してくれてるから――」

アルファのフェロモンが一切機能していないときでも、三日にあげず呼ばれていたのに、もう十日以上していないのだから、かなり耐えているのだろう。

「ラットになると苦しいよな、分かるよ」

愛しさが溢れて、レイノルドの香りが恋しくなる。

彼の首筋に鼻を寄せ、くんと思いきり吸い込んだ。ぱちぱちと目の前で炭酸がはじけるような酩酊感がくせになり、二日酔いのしない濃い酒を何杯も飲んでいる気分になる。

レイノルドはカミルに再度キスをした。今度は舌が絡められ、初めて深くつながり合う。

(うそ、甘い……)

レイノルドの唾液が、蜜のように甘く感じた。もっと欲しくて、どんどん舌を受け入れ、絡め合う。

「おいし……もっと、レイノルド」

そう言って口を開けると、ぐんと花の蜜の香りが濃厚になった。流し込まれた唾液を飲み込むと、ほう、とため息が出た。

「キスって、いい……」

唇の周りも舐め取った瞬間、ぎゅーっと下腹部が収縮して、カミルは思わず「ふ」と声を上げてしまった。

心配して覗き込むレイノルドに説明しようとすると、今度は心拍数が急激に上がる。身体が火照り、肌が汗ばんでいく。

レイノルドがカミルの香りの変化に気づいて目を見開いた。

この感覚をカミルは知っている。

――発情だ。

実は医師に忠告されていたことがあった。怪我が治るまでは、レイノルドとは濃厚な接触を避けるように、と。

「アルファとしてのフェロモン分泌が遅かったぶん、今非常に濃厚なフェロモンが出ている可能性があります。我々ベータにとっては香りの強さしか分かりませんが、オメガにとっては発情誘発剤に類似した効果があります」

この怪我で発情したら、代謝が活発になるぶん痛みが大変なことになる――と。

それをレイノルドに告げると「だからさっきからくんくんと……」と身体を縮めた。自分がフェロモンをまき散らしているかと思うと、恥ずかしくてたまらないのだという。

きゅう……と腹の奥が切なくなる。

カミルの強くなったフェロモンに、今度はレイノルドが反応し、深い青の瞳で瞳孔がキュッと細長く獣のように形を変えた。

カミルをベッドに押し倒し、覆い被さる。息苦しそうにしている口元で、狼のように鋭くなった糸切り歯が光る。

「だめだ、理性が……」

発情したオメガのフェロモンに暴露された、本来のアルファの姿――〝ラット〟だ。

カミルの目尻から勝手に涙が落ちていった。

レイノルドが他人と幸せになるために、発情を促すのが役目だったのに、それが今まで実現しなかったことに安堵している自分がいる。

これは二人だけの、二人が番うための発情なのだから。

「見せて、レイノルドの本能(ラット)」

アルファとオメガ、立場は逆転してしまったけれど、二人が二度と離れないよう魂が結びつくなら何でもいい、とカミルは思った。

深い深いキスをしながら、レイノルドはカミルの身体をかき抱いた。

これまでのレイノルドとの触れ合いとは比べものにならないほど、獣めいた愛撫だった。

「あ、噛ん……っ」

レイノルドがカミルの全身を舐めながら、鎖骨や肋骨、腰骨……あらゆる場所に甘く歯を立てた。その間も、カミルの陰茎はしっかりレイノルドに握られていて、ゆっくりと煽るように扱かれる。カミルの敏感になっている胸は特に執拗で、優しく舐られていたかと思うと、急に強く吸い上げられたり、歯を立てて引っ張られたりした。

「あああっ、だめ、きちゃうから……っ」

胸の飾りが下腹部と糸でつながっているかのように腰が揺れる。発情したせいですでにぐずぐずに濡れた後ろを、レイノルドが指で突いた。

そのときにはもう、嗅ぎ分けができないほど互いのフェロモンが混ざり、甘ったるい香りが部屋に充満していた。

欲しい、欲しい、と胎が疼く。

「レイノルド……今日こそ……全部……」

カミルはレイノルドの屹立を指でなぞり、挿入をねだった。これまでと違い発情している今、受け入れやすくなっているはずだし、初めてラット状態になったレイノルドも、これまでのようにその欲望に耐えうる理性はないはずだ。

カミルは物分かりのいい自分や恰好つけの自分を追い出し、素直にレイノルドに告げた。

「お願いがあるんだ。キスしながら挿れてくれる……？」

レイノルドは、フーッと息を大きく吐き出し、荒ぶる本能を抑え込もうとしていた。

カミルは彼の首に腕を回し、引き寄せながら口を開いた。少し舌を出すと、レイノルドが優しく食んでくれた。

これだけで気持ちがいいのに、レイノルドの雄を受け入れたら自分はどうなってしまうのだろう。

レイノルドの手がカミルの右太ももを持ち上げて、大きく脚を開かせる。荒ぶった先端がカミルの蕾にあてがわれると、くちゅ、と水音がした。

「痛がっても中断する自信が……っ、ない……」

レイノルドは申し訳なさそうに眉根を寄せる。

カミルはうなずいて、キスをねだりながら言った。

「俺一人では、最初から全部挿れるなんて無理だったんだ……セックスって、二人でするもんだろう？　早くつなげて、中で、教えてほしい……レイノルドのアルファを……」

本能をさらけ出したレイノルドは、どんな雄なのだろうと想像するだけで、カミルの腹の奥がきゅんと収縮する。

「ああ、私が私では……っ、なくなりそうだ……っ」

キスを合図に、ズ……と音を立てて男根が埋められていった。

「あ……うそ……おおき……」

アルファとして覚醒したレイノルドのそれは、これまでよりさらに膨張していた。それでもカミルの愛液と発情期特有の柔らかさで、やすやすと吸い込まれていく。

先端を入れるだけでも、あれほど苦労したというのに、互いに発情した状態ではこうもつながりやすくなるのか。

「カミル……カミル……ッ」

レイノルドが奥に奥にと挿入しながら、カミルの唇を貪る。カミルも応えようと懸命に舌を絡ませるが、体内を埋める質量と刺激に、喘ぎ喘ぎになってしまう。

「あ、ああっ、レイ、ノルド……っ、んんっ、んむぅっ」

ゴツゴツとした彼の雄が、無防備な自分の粘膜を押し開いていく感覚は、言葉にはできない多幸感があった。彼の指や口で何度も快楽の頂点に昇り詰めたけれど、性器同士が重なり、擦り合い、かちりとはまる気持ちよさには、到底及ばないということを今知る。

「ああ……すごい、レイノルド……っ、俺、奥がきゅんきゅんして、どうしよう。くらくらして……ばかになっちゃう……」

視線が絡み合うと、レイノルドが律動を始めた。

ぬち、ぬち、と粘ついた音が、やけに響く。レイノルドは苦しそうな顔でゆっくりと腰を動かしてくれる。ラット状態になっても、懸命にカミルの身体を気遣ってくれていると分かると、愛しさが増して、めちゃくちゃにしてほしくなる。

「レイノルド……」

カミルは腕を彼の首に回し、両脚を腰に巻きつけた。

「全然だめだよ……俺が欲しいのは、もっと奥」

その瞬間、ごちゅ、と奥までめり込ませるようにレイノルドの腰が打ちつけられる。

「うぁあああああっ」

レイノルドは何度もごめんと言いながら、大きく、そして激しく腰をグラインドさせて凶暴な雄をカミルにねじ込んだ。

「あああっ……っ、あ、あっっ」

一気に押し寄せてくる刺激に、カミルは一瞬目の前に火花が散る。

「すごい、カミルの中が熱くて……すまない、止まれない……っ、ああ、カミル……！」

パンッ、パンッ、と激しく肉のぶつかり合う音が部屋に響き、カミルはそのたびに身体を善がらせた。

「あああっ、はげし……、うあっ」

「だめだ、もう止められない……こんな獣みたいに……私は……っ」

体勢を変え、カミルをシーツにうつ伏せに押しつけると、再び押し入る。今度は違う場所がレイノルドのゴツゴツとした陰茎で擦られた。

「レイノルド……っ、キス……っ」

カミルは振り向いてしつこくキスをねだった。唇を重ねたまま身体を起こされ、今度はベッドサイドに腰かけた状態のレイノルドに、背中を預ける形で貫かれた。

中がかき混ぜられるような感覚と、乳首を指で捏ねられる刺激が混じり合い、カミルは知らぬうちに吐精をしてレイノルドの膝を汚してしまっていた。

「ああ、気持ちがいい……このままずっと中に挿れて揺らしていたい……」

「俺も……ずっと揺さぶられていたいよ、レイノルド……」

素直な思いを口にすると、もっと身体の奥が開いていく気がした。そこにレイノルドの情欲をどろりと流し込んでほしかった。

レイノルドはカミルを下から突き上げながら、陰茎を両手で優しく扱いた。右手は陰茎全体を包み込み、左手の指先は亀頭を捏ね回した。

「ふぁああっ、だめっ、だめっ、あっ、すぐいっちゃうから」

「ああ……カミルのそんな声だけで……興奮する……」

せり上がったかと思うと、レイノルドの手の平に勢いよくサラサラの体液が飛び散る。先ほど出した白濁の精液と違って、水のようなそれは量も多くて恥ずかしくなった。

「うそ、漏らし……」

「大丈夫、もっと出してもいいよ、かわいい」

耳元でそうささやかれ、舌が首筋を這う。

「そんなに何回もいっちゃったら、あれできないじゃないか」

あれとは、と首をかしげるレイノルドに、カミルは告げた。

「番の儀式」

中でぐんとレイノルドの質量が増し、カミルの背がそった。

「ぁっ」

動かしていないのに、中で雄がびくんびくんと跳ねている。レイノルドの本能が激しく喜んでいることが、カミルは嬉しかった。

「咬んで……いいのか？」

レイノルドの問いにうなずいて、カミルは襟足をさらりと持ち上げた。

「一秒でも早く番になりたいよ、俺は……」

カミルは自分を背後から揺さぶるレイノルドの首に、腕を絡めて彼の顔をうなじに引き寄せた。

「番に……なりたかった」

過去形で伝えられたことに、レイノルドは戸惑った表情を浮かべる。

「光弥だったときの、俺の本音」

「今は？」

「番になって添い遂げたい……もう離ればなれになりたくない……！」

レイノルドがキスをくれた。

「カミル……私も、私もだ……」

覚醒した本能とさらけ出した本音が混じり合うと、絶頂が小刻みに際限なく続く状態に陥る。カミルの鈴口からは、緩んだ蛇口のようにとろとろと透明の体液が流れ続ける。

レイノルドの律動が一層激しくなり、奥へ奥へと侵入していく、まるで子宮を探すように。張り出したカリ首が腹側を擦り、カミルの足が指先までピンと伸びた。

「ああ……レイノルド、俺……っ、気持ちよくて……っ、またいっちゃ……」

「私ももう……っ、中に注ぎたい……っ、カミルが孕むまで」

カミルはその言葉に、感動していた。

(そうだ、俺、オメガに生まれたんだから……レイノルドの子どもが産めるんだ……)

カミルは襟足の髪をかき上げて、レイノルドの歯が立てられるのを待った。

「咬んで……っ、俺も中に欲しい、レイノルドの子を産んで……家族になって……っ、それで、ずっと……一緒に……っ」

ぞろりとうなじを舐められると、全身が甘く痺れるような感覚に陥る。

「……カミル……光弥……ともに生きて、添い遂げよう。今度こそ」

うなじの肉に、鋭い牙が食い込んでいく。

「う、うあ……っ」

激しく打ちつけられていた楔（くさび）の根元が、ぐんと膨らんで、カミルの後孔を塞いだ。

（あ……亀頭球（ノット）が膨らむ……）

確実に孕ませるための、アルファの証し。精を注ぎ終えるまで膨張が続くこぶだ。

「レイノルドのも、伊久馬のも、全部俺に飲ませて……っ」

そう告げた瞬間、最奥に熱い飛沫（しぶき）が放たれる。ドクドクと注ぎ込まれる精とともに、うなじの肉を咬まれているカミルは、自分も一緒に絶頂を迎えていた。

「あああっ、レイノルド……っ、熱い、んんっ」

グルルル、と狼が唸るような声を聞く。その瞬間、カミルは身体の変化を感じていた。内壁から吸収されるレイノルドの体液と、うなじが発する痛みの信号。この二つが同じリズムを刻んで、全身を駆け巡っているような——。

（ああ、こうしてレイノルドのオメガに、なっていくんだ）

安堵と多幸感で、ずっと甘く絶頂している。

「ふぁ……れいのるど……いくまぁ……っ」

身体がびくびくと痙攣（けいれん）して、レイノルドの長い射精の間、カミルは彼の名前を甘ったるい声で呼び続けたのだった。

射精が終わり、亀頭球（ノット）がしぼむとようやく蕾が解放される。

ずるりと引き抜かれる瞬間に、カミルは甘い声を上げてしまい、レイノルドと見つめ合う。足りない、貪りたい、ようやく手に入れた番を骨まで味わい尽くしたい。

発情期の欲求なのか、運命的な恋が実った興奮なのか、はたまた両方なのか、二人はまた脚を絡めてキスをした。

「もう夜伽係じゃないから、朝まで一緒にいられるな」

カミルが嬉しくなって何度もレイノルドにキスをする。レイノルドはお返しと言わんばかりにカミルの首筋をべろりと舐めた。

「朝までと言わず、一生一緒だ。ひとまず発情期はまた〝巣ごもり〟だ」

ころりとひっくり返され、いつの間にか復活した雄がまたずぶりと挿入される。

「ああっ……」

レイノルドは黒髪をかき上げて、いたずらっぽく笑ってみせた。

「アルファとしての初めての発情だから、制御できないのも仕方がないんだ」

何かの筋書きかのようにそう告げると、キスをしながらまたカミルを喘がせた。


朝日がまぶしくて目覚めると、声が嗄（か）れていた。どれくらい自分たちは抱き合ったのだろうか。

カミルの発情が収まっているので、一晩ではないだろう。

隣を見ると、ぐっすり眠っているレイノルドの顔があった。こっそりその唇にキスをすると、ぐっと舌を入れられた。

「寝たふりしてたんだな」

嗄れた声で責めると、レイノルドは微笑んだ。満たされた笑顔は凄絶な色香を放っていて、カミルは一瞬負けを認めそうになる。

そろそろ起きるぞ、と促すと、レイノルドがカミルの手を握った。

「カミルがもう一度キスしたら、目覚めるかもしれない……」

そんなわがままに呆れながら応えたところで、ふとキラに言われた言葉を思い出す。

「そういえば、助けてくれた庭師長の弟子が言ってたんだ。『呪いを解くのは王子や姫のキスなんだ』って」

へえ、と興味深そうに身体を起こす。

「そうかもしれないな、私のフェロモンが機能し始めたのも、カミルと初めてキスをした直後だ」

「何でも知ってる感じの、不思議なやつだよな。ちゃんと母国まで逃げきれたんだろうか、キラのやつ……レイノルド、キラの実家って知ってる？　手紙書きたいな」

レイノルドがヒュッと喉を鳴らすように息を吸った。

「その庭師長の弟子、キラという名なのか？」

「何を今さら、あのキラだよ。前世持ちで事情を知ってる人物だから、俺の身近に護衛として配置してくれてたんだろう？」

東国生まれって言ってたけど日本人そのものだったな、アジアっぽい国がこの世界にもあるんだろうな、行ってみたいな、と独り言を漏らしていると、レイノルドは「派手なアフターフォローだ」と不思議なことを呟いて笑っていたのだった。

「何で笑ってるんだ？」

そう尋ねながらも、自分もつられて笑ってしまった。

幸せな、幸せな朝。

カミルはレイノルドと再会してから、光弥として死ぬ悪夢を全く見ていなかったことに気づき、自分の呪いもレイノルドのキスで解けたのだと、思うことにした。

発情が収まったというのに、朝日を浴びながらもう一度睦み合い始めた二人が〝巣ごもり〟から出てきたのは、夕日が沈むころだった。

＊＊＊＊＊

【バスク歴二二三年　陽季十日】

明日はついにカミルとの婚姻の儀を迎える。初めての平民からの正室入りとあって、王宮内での調整がなかなかに面倒だったが、国民からの支持率は急激に上がった。

貴族たちが縁者を側室にしようと目論んでいたが、カミル以外の王配・妃を持たないと私が宣言したため、動きにくくなっているようだ。カミルに不満の矛先が向かわないよう、警戒が必要ではあるが。

結局、カミルに告げていない事実が二つある。

カミルは、この世界で自分たちが再会したのは運命だったと、ロマンを感じてくれているが、実は私は目処をつけていた。

私が五歳で伊久馬の記憶を取り戻したように、カミルが記憶を取り戻したとしたら、人が変わったと噂になるはずだと踏んで、調査人を全国に放った。田舎町の宿屋の美しい三男坊が、まるっきり別人になったという情報が入り、オメガを集めた選定のふりをして、再会したのだった。

もう一つは、カミル誘拐時に彼を助けたキラという庭師長の弟子を、生まれる前から知っているこということ。自分をこの世界に転生させる術式を引き受けてくれた、吉良という青年僧だろう。約束通り、割増料金のぶんまで仕事をしたのだ。

もしかすると、人間という概念を超えた存在なのかもしれないとさえ思う。が、カミルは吉良に友情すら感じているので、来世まで持ち越す秘密とする。

明日、私たちは結婚する。ようやくだ。五十年越しの悲願——と書いたところで、カミルがつわりで目を覚ましたので、今日はここまで。

（了）

あとがき

こんにちは、または、はじめまして。滝沢晴（たきざわはれ）です。

このたびは本作をお迎えいただきありがとうございました。

シャレード文庫さんでは久しぶりに本を出していただきましたが、今回のオメガバース、いかがでしたか。異世界に転生した上に、バース性逆転しちゃって「えっ？　えっ？　どういうこと！」と思われた方もいらっしゃるのではないでしょうか。私もそう思います。

カミルが元アルファでゼロ謙遜な受けだったので、とても楽しく書くことができました。自分大好きオーラって健康にいいですよね。レイノルドは引くほどの執着攻めで、これまた私の好物ですので「へっへへ……いいぜレイノルド、もっとやれ」と、いやらしい顔をしながら執筆をしておりました。執着攻めも健康にいいですよね。

そんな二人を、森原八鹿（もりはらようか）先生に麗しく描いていただきました。感情だけではな